长安文心书系

岁月·生活·文学

陈忠实 著

陕西新华出版传媒集团
陕西人民出版社

图书在版编目（CIP）数据

岁月·生活·文学／陈忠实著. — 西安：陕西人民出版社，2020. 12

ISBN 978 - 7 - 224 - 13637 - 1

Ⅰ. ①岁… Ⅱ. ①陈… Ⅲ. ①散文集—中国—当代 Ⅳ. ①I267

中国版本图书馆 CIP 数据核字（2020）第 087315 号

主　　编：宋亚萍
策　　划：张孔明
责任编辑：左　文
整体设计：杨亚强
绘画导师：曹　刚
绘　　画：蒋懿琰

岁月·生活·文学

SUIYUE SHENGHUO WENXUE

作　　者　陈忠实
编　　选　邢小利
出版发行　陕西新华出版传媒集团　陕西人民出版社
（西安市北大街 147 号　邮编：710003）
印　　刷　陕西汇丰印务有限公司
开　　本　889mm × 1194mm　1/32
印　　张　7
字　　数　154 千字
版　　次　2020 年 12 月第 1 版
印　　次　2020 年 12 月第 1 次印刷
书　　号　ISBN 978 - 7 - 224 - 13637 - 1
定　　价　42. 00 元

目录

汽笛·布鞋·红腰带

一个年过五十的人，依然清晰地记得平生听到第一声火车汽笛时的情景。

他当时刚刚勒上头一条红腰带。这是家乡人遇到本命年时避灾禳祸祈求平安福祉的吉祥物，无论男女无论长幼无论尊卑都要在本命年到来的头一天早晨穿裤子时勒上腰的。那是母亲用自纺的棉线四股合成一股，经过浆洗经过大红颜色的煮染再经过蜂蜡的打磨，然后把经线绷在两个膝盖之间织成的。早在母亲搓棉花捻子和纺线的时候就不断念叨："娃的本命年快到了，得织一条红腰带。"在标志着一年将尽的最后一个月份——腊月——到来之前，母亲已经织好了一条红腰带，只让他试着勒了一下就藏进木板柜里，直到大年三十晚上才取出来放到枕头旁边，叮嘱他天明起来换穿新衣服裤时结上那根红腰带。他那时只是为了那条鲜红的线织腰带感到新奇而激动不已，却不能意识到生命历程的第二个十二年将从明天早晨开始……

半年以后，他勒在腰里的红带已经变成紫黑色的了，鲜艳的红色被汗渍尿垢以及褪色的黑裤污染得失去了原本的颜色。他依旧勒着这条保命带走出了家乡小学所在的小镇，到三十里外的历史名镇灞桥去投考中学。领着他的是一位四十多岁的班主任老师，姓杜；和他一起去投考的有二十多个同学，这些小学同学中有的已经结婚，那是他们在新中国成立后才迟迟获得读书机会的缘故，他是他们当中年龄最小个头最矮的一个。

这是一次真正的人生之旅。

从小镇小学校后门走出来便踏上了公路。这是一条过道，西起西安沿着灞河川道再进入秦岭，在秦岭山岩中盘旋蜿蜒一直通到湖北省内。这是他第一次走出家门三公里以外的旅行。他昨夜激动惶惧得几乎不能成眠。他肩头挎着一只书包，包里装着课本，一支毛笔和一只墨盒，还有学生灶发给的几个混面馍馍，还有一块洗脸擦脸用的布巾，同样是母亲用织布机织下的手工布巾……口袋里却连一分钱也没有。

开始上路他和老师、同学相跟着走，大约走出十里路也不觉得累，同学们大都是来自小镇附近村庄，谁也没出过远门，兴致很高心劲十足，一路说说笑笑叽叽嘎嘎。后来的悲剧是从脚下发生的。他感觉脚后跟有点疼，脱下鞋来看了看，鞋底磨透了，脚后跟上磨出红色的肉丝淌着血，血浆渗湿了鞋底和鞋帮，他首先诅咒的便是沙石铺垫的国道上的沙子，全然想不到母亲纳扎的布鞋鞋底经不住沙石的磨砺，随后才意识到是一双早已磨破了的旧布鞋的鞋底。在他没有发现鞋破脚破之前还能撑持住往前走，而当他看到脚后跟上的血肉时便怯了，步子也慢了。

似乎不单是脚后跟出了毛病，全身都变得困倦无力，双腿连往前挪一步的勇气都没有了，每一次抬脚举步都畏怯落地之后所产生的血肉之苦。他看见杜老师在向他招手，他听见同学在前头呼叫他。他流下泪来，觉得再也撵不上他们了。他企望能撞见一位熟人吆赶的马车，瞬间又悲哀地想到，自己其实原来就不认识任何一位车把式。

他看见杜老师和一位结过婚的小学生大同学倒追过来，立即擦干了眼泪。老师和大同学的关心鼓励丝毫也不能减轻脚下的痛楚和抬脚触地时引发的内心的畏怯。老师和大同学不能只等他一人而往前走了。他没有说明鞋底磨透脚跟磨烂的事，不是出于坚强而纯粹是因为爱面子，他怕那些能穿起耐磨的胶质球鞋的同学笑自己的穷酸。这种爱面子的心理不知何时形成的，以至影响到他后来的全部生活历程，不愿意在任何人面前哭穷。老师和大同学临走时留给他的一句话是："往前走不敢停。慢点儿不要紧只是不敢停下。我们在前头等你。"

他已经看不见杜老师率领着的那支小小的赶考队列了。他期望在路上捡到一块烂布包住脚后跟，终于没有发现哪怕是巴掌大的一块碎布而失望了。他从路边的杨树上捋下一把树叶塞进鞋窝儿，大约只舒服了两分钟走出不过十几米就结束了短暂的美好和幼稚。他终于下狠心从书包里摸出那块擦脸用的布巾，相当于课本的两倍大小，只能包住一只脚。洗脸擦脸已经不大重要了，撩起衣襟就可以代替布巾来使用。用布巾包住一只脚不再直接遭受沙石的蹭磨减轻了疼痛，况且可以使另一只脚踮起脚尖避免脚后跟着地。他踮着一只脚尖就跛着往前赶，果然加快了行速。走过不知有多少路程，布巾很快又磨透了，他把布巾倒过来再包到脚上，直到那布巾被踩磨得稀烂而毫无用处。他最后从书包里拿出了课本，先是算术，后是语文，一扎一扎撕下来塞进鞋窝……只要能走到考场，他自信可以不需要翻动它们就能考中；如果万一名落孙山，这些课本无论语文或是算术就都变成毫无用处的废物了。那些课本的纸张更经不住沙石的蹭磨，很快就被踩踏成碎片从鞋窝里泛出来撒落到沙石国道上，就像埋葬死人时沿路抛撒的纸钱。直到课本被撕光，他几乎完全绝望了，脚跟的疼痛逐渐加剧到每一抬足都会心惊肉跳，走进考场的最后一丝勇气终于断灭了。他站下随之又坐下来，等待有一挂回程的马车，即使陌生的车夫也要乞求。他对念中学似乎也没有太明晰的目标，回家去割草拾柴也未必不好……伟大的转机在他完全崩溃刚刚坐下的时候发生了，他听到了一声火车汽笛的嘶鸣。

他被震得从路边的土地上弹跳起来。他被惊吓得几乎又软瘫坐下。他的耳膜长久地处于一种无知觉的空白。他的胸腔随着铿锵铿锵的轮声起伏着战栗着。他惊惧慌乱不知所措而茫然四顾。终于看见一股射向蓝天的白烟和一列呼啸奔驰过来的火车。他能辨识出火车凭借的是语文课本上的一幅拙劣的插图。这是他平生第一次看见火车，第一次听见火车汽笛的鸣叫。隐藏在原坡皱褶里的家乡村庄，一年四季只有人声牛哞狗吠鸡鸣和鸟叫。列车从他眼前的原野上飞驰过去，绿色的车厢绿色的窗帘和白色的玻璃，启开的窗户晃过模糊的男人或女人的脸，还有一个把手伸出窗口的男孩的脸……直到火车消失在柳林丛中，直到柳树梢头的蓝烟渐渐淡化为乌有，直到远处传来不再那么震慑而显得悠扬的汽笛声响，他仍然无法理解火车以及坐在火车车厢里的人会是一种什么滋味儿，坐在飞驰的火车上透过敞开的窗口看见的田野会是怎样的情景，坐在火车上的人瞧见一个穿着磨透了鞋底磨烂了脚后跟的乡村娃子会是怎样的眼光，尤其是那个和他年纪相仿已经坐着火车旅行的男孩。

天哪！这世界上有那么多人坐着火车跑哩而根本不用双脚走路！他用双脚赶路却穿着一双磨穿了底磨烂了脚后跟的布鞋一步一蹭血地踯躅！似乎有一股无形的神力从生命的那个象征部位腾起，穿过勒着红腰带的腹部冲进胸膛又冲上脑顶，他无端地愤怒了，一切朦胧的或明晰的感觉凝结成一句，不能永远穿着没后跟的破布鞋走路……他把残留在鞋窝里的烂布绺烂树叶烂纸屑腾光倒净，咬着牙在沙石国道上重新举步，腿上有劲了，脚后跟也还淌血也还疼，走过一阵儿竟然奇迹般地不疼了，似乎那越磨越烂得深的脚后跟不是属于他的，而是属于另一个怯懦者懦弱鬼王八蛋的……在离考场的学校还有一二里远的地方，他终于赶上了老师和同学，却依然不让他们看他惨不堪睹的两只脚后跟。

……

在那场历时十年的大浩劫发生时，他虽未被完全打翻却感到已经走到生命的尽头。那一年又正好是他勒上第二条红腰带开始第三轮十二年的时候。他被划进为刘少奇路线而注定了政治生命的完结，他所钟情的文学在刚刚发出处女作时便夭折了，家庭的灾难也接踵而至，不是祸不单行而是三面伏击四面楚歌。他步入社会尚无任何生活经验也无丝毫的防卫能力，很快便觉得进入绝境而看不出任何希望，不止一次于深夜走到一口水井边企图结束完全变成行尸走肉的自己。没有促成他纵身一投的缘由，便是他在那最后一刻听到了发自生命内部的那一声汽笛的鸣叫……

在他勒上第三条红腰带开始生命年轮的第四个十二年的时候，恰好又遭遇到一次重大的挫折。如果说上一次的遭遇与红腰带有无什么联系尚无意识，这一次就令他暗暗惊诧了，人类生命本身是否存在着一种神秘的周期性灾变？ 他不再以一个简单的无神论者的简单态度轻易去判断其有无了。 这一次挫折纯粹是自作自受，不能怨天不能怨地更不能怨天下任何人，自己写下一篇对生活做出简单谬误判断的小说而声名狼藉。 他曾想告别政坛也告别文学，重新回到学校做一名乡村教师，与农村孩子去交朋友。 在那个人生重大抉择的重要关头，他不仅又一次听到了那声汽笛，而且想到了那双磨透了鞋底磨烂了脚跟的布鞋。有什么可畏惧的呢？ 本来就是穿着磨透鞋底的布鞋走进社会的，最终最糟失掉的大不了也就是又一双破烂布鞋……他走进图书馆，把莫泊桑和契诃夫的小说抱回住屋，昼夜与这两个欧洲人拥抱在一起。

他后来成为一个作家，但不是著名的，却终归算一个作家。这个作家已过“知天命”的年岁，回顾整个生命历程的时候，所有经过的欢乐已不再成为欢乐，所有经历的灾难挫折引起的痛苦也不再是痛苦，变成了只有自己可以理解的生命体验，剩下的还有一声储存于生命磁带上的汽笛鸣叫和一双破了鞋底的布鞋。

他想给进入花季刚刚勒上头一条或第二条红腰带的朋友致以祝贺，无论往后的生命历程中遇到怎样的挫折怎样的委屈怎样的龌龊，不要动摇也不必辩解，走你认定了的路吧！ 因为任何动摇包括辩解，都会耗费心力耗费时间耗费生命，不要耽误了自己的行程。

晶莹的泪珠

我手里捏着一张休学申请书朝教务处走着。

我要求休学一年。我写了一张要求休学的申请书。我在把书面申请交给班主任的同时，又口头申述了休学的因由，发觉口头申述因为穷而休学的理由比书面申述更加难堪。好在班主任对我口头和书面申述的同一因由表示理解，没有经历太多的询问便在申请书下边空白的地方签写了“同意该生休学一年”的意见，自然也签上了他的名字和时间。他随之让我等一等，就拿着我写的申请书出门去了，回来时那申请书上就增加了校长的一行签字，比班主任的字签得少自然也更简洁，只有“同意”二字，连姓名也简洁到只有一个姓，名字略去了。班主任对我说：“你现在到教务处去办手续，开一张休学证书。”

我敲响了教务处的门板。获准以后便推开了门，一位年轻的女先生正伏在米黄色的办公桌上，手里提着长杆蘸水笔在一厚本表册上填写着什么，并不抬头。我知道开学报名时教务处最忙，忙就忙在许多要填写的各式表格上。我走到她的办公桌前鞠了一躬：“老师，给我开一张休学证书。”然后就把那张签着班主任和校长姓名和他们意见的申请递放到桌子上。

她抬起头来，诧异地瞅了我一眼，拎起我的申请书来看着，长杆蘸水笔还夹在指缝之间。她很快看完了，又专注地把目光留滞在纸页下端班主任签写的一行意见和校长更为简洁的意见上面，似乎两个人连姓名在内的十来个字的意见批示，看去比我大半页的申请书还要费时更多。她终于抬起头来问：

“就是你写的这些理由吗？”

“就是的。”

“不休学不行吗？”

“不行。”

“亲戚全都帮不上忙吗？”

“亲戚……也都穷。”

“可是……你休学一年，家里的经济状况也不见得能改变，一年后你怎么能保证复学呢？”

于是我就信心十足地告诉她我父亲的精确安排计划：待到明年我哥哥初中毕业，父亲谋划着让他投考师范学校，师范生的学杂费和伙食费全由国家供给，据说还发三块钱零花钱。那时候我就可以复学接着念初中了。我拿父亲的话给她解释，企图消除她对我能否复学的疑虑：“我伯伯说了，他只能供得住一个中学生；俺兄弟俩同时念中学，他供不住。”

我没有做更多的解释。我的爱面子的弱点早在此前已经形成。我不想再向任何人重复叙述我们家庭的困窘。父亲是个纯粹的农民，供着两个同时在中学念书的儿子。哥哥在距家四十多里远的县城中学，我在离家五十多里的西安一所新建的中学就读。在家里，我和哥哥可以合盖一条被子，破点旧点也关系不大。先是哥哥接着是我要离家到县城和省城的寄宿学校去念中学。每人就得有一套被褥行头，学费杂费伙食费和种种花销都空前增加了。实际上轮到我考上初中时已不再是考中秀才般的荣耀和喜庆，反而变成一团浓厚的愁云忧雾笼罩在家室屋院的上空。我的行装已不能像哥哥那样有一套新被子新褥子和新床单，被简化到只能有一条旧被子卷成小卷儿背进城市里的学校。我的那一绺床板终日裸露着缝隙宽大的木质板面，晚上就把被子铺一半再盖上一半。我也不能像哥哥那样由父亲把一整袋面粉送交给学生灶，而只能是每周六回家来背一袋杂面馍馍到学校去，因为学校灶上的管理制度规定一律交麦子面，而我们家总是短缺麦子而苞谷面还算宽裕。这样的生活我并未意识到有什么不好，因为背馍上学的学生远远超过能搭得起灶的学生人数，每到三顿饭时，背馍的学生便在开水灶的一排供水龙头前排起五六列长队，把掰碎的各色馍块装进各自的大号搪瓷缸子里，用开水浸泡后，便三人一堆五人一伙围在乒乓球台的周围进餐，佐菜大都是花钱买的竹篓咸菜或家制的腌辣椒，说笑和争论的声浪甚至压倒了那些从灶房领取炒菜和热饭的“贵族阶层”。

这样的念书生活终于难以为继。父亲供给两个中学生的经济支柱，一是卖粮，一是卖树，而我印象最深的还是卖树。父亲自青年时就喜欢栽树，我们家四五块滩地地头的灌渠渠沿上，是纯一色的生长最快的小叶杨树，稠密到不足一步就是一棵，粗的可作檩条，细的能当椽子。父亲卖树早已打破了先大后小先粗后细的普通法则，一切都是随买家的需要而定，需要檩条就任其选择粗的，需要椽子就让他们砍伐细的。所得的票子全都经由哥哥和我的手交给了学校，或是换来书籍课本和作业本以及哥哥的菜票我的开水费。树卖掉后，父亲便迫不及待地刨挖树根，指头粗细的毛根也不轻易舍弃，把树根劈成小块晒干，然后装到两只大竹条笼里挑起来去赶集，卖给集镇上那些饭馆药铺或供销社单位。一百斤劈柴的最高时价为一点五元，得来的块把钱也都经由上述的相同渠道花掉了。直到滩地上的小叶杨树在短短的三四年间全部砍伐一空，地下的树根也掏挖干净，渠岸上留下一排新插的白杨枝条或手腕粗细的小树……

我上完初一第一学期，寒假回到家中便预感到要发生重要变故了。新年佳节弥漫在整个村巷里的喜庆气氛与我父亲眉宇间的那种根深蒂固的忧虑形成强烈的反差，直到大年初一刚刚过去的当天晚上，父亲便说出来谋划已久的决策："你得休一年学，一年。"他强调了一年这个时限。我没有感到太大的惊讶。在整个一个学期里，我渴盼星期六回家又惧怕星期六回家。我那年刚十三岁，从未出过远门，而一旦出门便是五十多里远的陌生的城市，只有星期六才能回家一趟去背馍，且不要说一周里一天三顿开水泡馍所造成的对一碗面条的迫切渴望了。然而每个周六在吃罢一碗香喷喷的面条后便进入感情危机，我必须说出明天返校时要拿的钱数儿，一元班会费或五毛集体买理发工具的款项。我知道一根丈五长的椽子只能卖到一点五元钱，一丈长的椽子只有八角到一块的浮动区。我往往在提出要钱数目之前就折合出来这回要扛走父亲一根或两根椽子，或者是多少斤树根劈柴。我必须在周六晚上提前提出钱数，以便父亲可以从容地去借款。每当这时我就看见父亲顿时阴沉下来的脸色和眼神，同时，夹杂着短促的叹息。我便低了头或扭开脸不看父亲的脸。母亲的脸色同样忧愁，我似乎可以看；而父亲的脸眼一旦成了那种样子，我就不忍对看或者不敢对看。父亲生就的是一脸的豪壮气色，高眉骨大眼睛统直的高鼻梁和鼻翼两边很有力度的两道弯沟，忧愁蒙结在这样一张脸上似乎就不堪一睹……我曾经不止一次地产生过这样的念头，为什么一定要念中学呢？村子里不是有许多同龄伙伴没有考取初中仍然高高兴兴地给牛割草给灶里拾柴吗？我为什么要给父亲那张脸上周期性地制造忧愁呢……父亲接着就讲述了他得让哥哥一年后投考师范的谋略，然后可以供我复学念初中了。他怕影响一家人过年的兴头儿，所以压在心里直到过了初一才说出来。我说："休学。"父亲安慰我说："休学一年不要紧，你年龄小。"我也不以为休学一年有多么严重，因为同班的五十多名男女同学中有不少人都结过婚，既有孩子的爸爸，也有做了妈妈的，这在50年代初并不奇怪，新中国成立后才获得上学机会的乡村青年不限年龄。我是班里年龄最小个头最矮的一个，座位排在头一张课桌上。我轻松地说："过一年个子长高了，我就不坐头排头一张桌子咧——上课扭得人脖子疼……"父亲依然无奈地说：

"钱的来路断咧！树卖完了——"

她放下夹在指缝间的木质长杆蘸水笔，合上一本很厚很长的登记簿，站起来说："你等等，我就来。"我就坐在一张椅子上等待，总是止不住她出去干什么的猜想。过了一阵儿她回来了，情绪有些亢奋也有点激动，一坐到她的椅子上就说："我去找校长了……"我明白了她的去处，似乎验证了我刚才的几种猜想中的一种，心里也怦然动了一下，她没有谈她找校长说了什么，也没有说校长给她说了什么。她现在双手扶在桌沿上低垂着眼，久久不说一句话。她轻轻舒了一口气，仰起头来时我就发现，亢奋的情绪已经隐退，温柔妩媚的气色渐渐回归到眼角和眉宇里来了，似乎有一缕淡淡的无能为力的无奈。

她又轻轻舒了口气，拉开抽屉取出一本公文本在桌子上翻开，从笔筒里抽出那支木杆蘸水笔，在墨水瓶里蘸上墨水后又停下手，问："你家里就再想不下办法？"我看着那双带着忧郁气色的眼睛，忽然联想到姐姐的眼神。这种眼神足以使任何被痛苦折磨着的心平静下来，足以使任何被痛苦折磨得心力交瘁的灵魂得到抚慰，足以使人沉静地忍受痛苦和劫难而不至于沉沦。我突然意识到因为我的休学致使她心情不好这个最简单的推理。而在校长班主任和她中间，她恰好是最不应该产生这种心情的。她是教务处的一位年轻职员，平时就是在教务处做些抄抄写写的事，在黑板上写一些诸如打扫卫生的通知之类的事，我和她几乎没有说过话，甚至至今也记不住她的姓名。我便说："老师，没关系。休学一年没啥关系，我年龄小。"她说："白白耽搁一年多可惜!"随之又换了一种口吻说："我知道你的名字也认得你。每个班前三名的学生我都认识。"我的心情突然灰暗起来而没有再开口。

她终于落笔填写了公文函，取出公章在下方盖了，又在切割线上盖上一枚合缝印章，吱吱吱撕下并不交给我，放在桌子上，然后把我的休学申请书抹上糨糊后贴在公文存根上。她做完这一切才重新拿起休学证书交给我说："装好。明年复学时拿着来找我。"我把那张硬质纸印制的休学证书折叠了两番装进口袋。她从桌子那边绕过来，又从我的口袋里掏出来塞进我的书包里，说："明年这阵儿你一定要来复学。"

我向她深深地鞠了躬就走出门去。我听到背后咣当一声闭门的声音，同时也听到一声“等等”。她拢了拢齐肩的整齐的头发朝我走来，和我并排在廊檐下的台阶上走着，两只手插在外套的口袋里。走过一个又一个窗户，走过一个又一个教室的前门和后门，校园里和教室里出出进进着男女同学，有的忙着去注册去交费，有的已经抱着一摞摞新课本新作业本走进教室，还有从校门口刚刚进来的背着被卷馍袋的迟来者。我忽然心情很不好受，在争取到了休学证后心劲松了吗？我很不愿意看见同班同学的熟悉的脸孔，便低了头匆匆走起来，凭感觉可以知道她也加快了脚步，几乎和我同时走出学校大门。

学校门口又涌来一拨偏远地区的学生，熟悉的同学便连连问我：“你来得早！报过名了吧？”我含糊地笑笑就走过去了，想尽快远离正在迎接新学期的洋溢着欢跃气浪的学校大门。她又喊了一声“等等”。我停住脚步。她走过来拍了拍我的书包：“甭把休学证弄丢了。”我点点头。她这时才有一句安慰我的话：“我同意你的打算，休学一年不要紧，你年龄小。”

我抬头看她，猛然看见那双眼睫毛很长的眼眶里溢出泪水来，像雨雾中正在涨溢的湖水，泪珠在眼里打着旋儿，晶莹透亮。我瞬即垂下头避开目光。要是再在她的眼睛里多驻留一秒，我肯定就会号啕大哭。我低着头咬着嘴唇，脚下盲目地拨弄着一颗碎瓦片来抑制情绪，感觉到有一股热辣辣的酸流从鼻腔倒灌进喉咙里去。我后来的整个生命历程中发生过多少这种酸水倒流的事，而倒流的渠道却是从十四岁刚来到的这个生命年轮上第一次疏通的。第一次疏通的倒流的酸水的渠道肯定狭窄，承受不下那么多的酸水，因而还是有一小股从眼睛里冒出来，模糊了双眼，顺手就用袖头揩掉了。我终于仰起头鼓起劲儿说：

“老师……我走咧……”

她的手轻轻搭上我的肩头：“记住，明年的今天来报到复学。”

我看见两滴晶莹的泪珠从眼睫毛上滑落下来，掉在脸鼻之间的谷地上，缓缓流过一段就在鼻翼两边挂住，我再一次虔诚地深深鞠躬，然后就转过身走掉了。

二十五年后，卖树卖树根（劈柴）供我念书的父亲在癌症弥留之际，对坐在他身边的我说：“我有一件事对不住你……”

我惊讶得不知所措。

“我不该让你休那一年学！”

我浑身战栗，久久无言，我像被一吨烈性梯恩梯炸成碎块细末儿飞向天空，又似乎跌入千年冰窖而冻僵四肢冻僵躯体也冻僵了心脏。在我高中毕业名落孙山回到乡村的无边无际的彷徨苦闷中，我曾经猴急似的怨天尤人：“全都倒霉在休那一年学……”我 1962 年毕业恰逢中国经济最困难的年月，高校招生任务大大缩小，我们班里剃了光头，四个班也仅仅只考取了一个个位数，而在上一年的毕业生里我们这所不属重点的学校也有百分之五十的学生考取了大学。我如果不是休学一年当是 1961 年毕业……父亲说：“错过一年……让你错过了二十年……而今你还算熬出了点名堂了……”

我感觉到炸飞的碎块细末儿又归结成了原来的我，冻僵的四肢自如了冻僵的躯体灵便了冻僵的心又噔噔噔跳起来的时候，猛然想起休学出门时那位女老师溢满眼眶又流挂在鼻翼上的晶莹的泪珠儿。我对已经跨进黄泉路上半步的依然向我忏悔的父亲讲了那一串泪珠的经历，我称呼伯伯的父亲便安然合上了眼睛，喃喃地说：“可你……怎么……不早点给我……说这女先生哩……”

我今天终于把几近四十年前的这一段经历写出来的时候，对自己算是一种虔诚祈祷，当各种欲望膨胀成一股强大的浊流冲击所有大门窗户和每一个心扉的当今，我便企望自己如女老师那种泪珠的泪泉不致堵塞更不敢枯竭，那是滋养生命灵魂的泉源，也是滋润民族精神的泉源哦……

生命之雨

一个年过五十的人，某天傍晚突然憬悟，他的生命中最敏感的竟然是雨。

秋日。傍晚。

细雨如丝如缕如烟，无穷无尽的前方和已经穷尽的身后都是这种雨丝飘飘洒洒却无声无息。他沿着家乡的河水在沙滩上走着。一旦有雨或雪降下，他就有一种迎接雨雪的骚动而必须刻不容缓地走向雨雪迷蒙的田野。他的腋下挟着一把黑色雨伞，除非雨点变得粗疾起来才准备打开。

沙滩上的野苇子的茸毛已经飘落，蒿草和绿色无可挽救地变得灰黑而苍老了。他看见河的远处有人在涉水过河，辨不清过河的是男人还是女人，雨雾把雄性和雌性的外部特征模糊起来了。走过滩柳丛生的一道沙梁，一个看去和他年龄相仿的女人伫立在沙地上，看守着七八只羊。女人的右手攥着一根新鲜的柳枝儿，无疑是用来警示她的羊的武器；她的左腋下挟着一只金黄色的草帽，而让头发也淋着雨。她的生命中也敏感雨而渴盼细雨的浇灌和滋润么？

女人满脸皱纹，皮肤皴黑而粗糙，骨骼粗硬而显示着棱角；她挽着黑色的裤脚，露出小腿如同庄稼汉一样坚硬的筋骨的轮廓。他瞅着她，又瞅着她的羊，瞅过去是七只，倒瞅过来却成了八只；数过了羊又瞅她。他瞅着数着羊是潜意识的行为，避免死呆呆瞅着她而引起反感。瞅了瞅她又去数羊，这回数过去是八只，再手数过来又成了七只。

她却只瞅着她的羊，或者根本就没有瞅羊，她也不瞅他。他想，在她说不清是呆滞或是不屑的眼神里，他不过也是一只羊吧？他便走开了，踏上高踞沙滩的河堤。

母亲说生他的时候正是三伏天：母亲强调说他落地的时辰是三伏天的午时。母亲对他落地后的记忆十分清晰，落地后不过半个时辰全身就潮起一层痱子，从头顶到每一根脚指头，都覆盖着一层密密麻麻的热痱子。只有两片嘴唇例外地侥幸，却暴起苞谷粒大的燎泡。母亲说整整一个夏天里，他身上的热痱子一茬尚未完全干壳，新的一茬便迫不及待地又冒了出来，褪掉的干皮每天都可以撕下小半碗。母亲说她在月子里就只是替他从头到脚撕揭干壳了的痱子皮……母亲对已经成年了的他遭遇灾难时便说：“你落生的时辰太焦躁了。那天能遇着下雨就好了。”

他后来得知，他与父亲同一个属相：马。这根本不用奇怪，家族中两代人和两代人之中同一属相的现象屡见不鲜完全正常。奇异的是，他和父亲同月同日生，而且时辰都是午时。只是没有人说得清，父亲出生时潮没潮起那么厉害的热痱子，父亲出生时是否侥幸遇到了三伏天的雨。

他便猜疑，在他来到这个世界时便领受到的如煎如煮的酷热焦躁，在父亲来说早已领受过了，从而并不以为什么了不起。

关于他的父亲，他想写篇小文章来悼念那位如草芥一样无声无响度过一生又悄然死去的农民，然而终于没有形成文字。原因在于，那个念头刚一产生，如潮的记忆便把他齐头盖脑淹没了。他喘息着又合上了钢笔。父亲是一本书，不是一篇小文章。

现在，他只能说一句话，在这个世界上，他最熟悉最了解的是他的父亲，而最难理解的也是他的父亲。他深深地懊悔，直到父亲离开这个世界时，才发觉自己从来也没有太在意过父亲。起初他剖析造成这种懊悔心理的因素，是他既不可能对父亲寄托稍大点儿的依赖，更不可能发现以至研究他有什么伟大和不平凡之处；后来随着生命体验的不断加深，终于有一天醒悟过来，便是从来也没有想到过对父亲的心理设防，是一种绝对的心理安全的天然依赖，反倒不太在意了。

父亲死亡的情景永难忘记。一个自身生长的异物堵死了食道，直到连一滴水也不能通过，那具庞大的躯体日渐一日萎缩成一株干枯的死树……哦！生命中的雨啊！

他一个人坐在家乡的河边，天上洒下旱季里少见的蒙蒙细雨。他刚刚二十岁，开始了永远的没有限期的暑假，从学校走向社会了。他半是豪勇半是惶惑，怀着宏大的文学梦却又怀疑自己是否具备文学的天赋，自信与自卑五十对五十折磨着他，便有了一种孤自散步的欲望，尤其是在雨雾迷茫之中。

这条河不大却闻名于遥远悠久的历史，河有多长，河边的柳林就有多长。骚客文人折柳赠别也抛撒愁思怨的诗句，成为一代又一代文化人寄托情怀的佳作。他坐在水边，一个琴瑟般的声音不期而至："大哥哥你饿吗?"他转过头就看见了一只小仙鹤，是的，这个大约不过十岁的女孩像河滩草地上偶然降至的仙鹤。他苦笑一下摇摇头。处于整个民族的大饥饿年代，小孩子看世界的眼睛也是饥饿！他笑笑说："我渴。"河堤上传下来一声笑，他看见那儿站着一位干部，这是一家大企业的党的领导干部，据说是一位出身富贵而又背叛了自己阶级的老革命，革命胜利了他已成为企业领导，却依然需要下放乡村锻炼改造……他很忠诚，不仅自己老老实实在农民中间生活，而且还利用暑假把小女儿也领到这炼狱里来改造了。

几十年后，在一次全国性的文学集会上，有一位中年女人向他走来："你现在是饿还是渴？"

"还是渴。"

"还是渴？"

"是渴……生命之雨。"

她说她后来随父亲到北方一个城市，又转过四五个城市。她现在在一家报纸主持着一个《婚姻与家庭》的专栏。她在年轻男女中名声显赫，几乎家喻户晓，当然是她坦率而又真诚地解答过来自全国各地青年男女关于爱的困惑，并因此而很自信："你比我写的书多，我比你写的信多；你只是在文学圈子里有名声，而我却在青年人心中是知音。"她的佐证是多年来收到和回复青年人的书信数以万计。她说她读过他的全部作品，当然不是因为作品好不好，亦不是要研究他的创作，主要是因为在他未成名之前她见过他一面，那时她不足十岁。她说："我至少给青年朋友写过两万多封信，而你的小说最多发行五千册。"

他很尴尬，随之反诘："我也来请你解答一下过去的问题，有一对年轻夫妇在'文化大革命'中分属对立的两派组织，妻子向自己一派的造反队司令报告了丈夫的行踪，丈夫被抓去打断了一条腿。这位现在走路还颠着跛着的丈夫仍然和那位告密的妻子生活在一起。他向你写过信没有？如果他有一天写信给你要求解释困惑，你怎么回答他？”她张了张口却摇摇头笑了，竟是一副不屑回答的神气。

半年以后，他接到她从千里之外的城市打来的长途电话，说她今天收到一封信，信中所表述的精神痛苦使她陷入深沉的无言以对的心境之中，那人的遭遇与他所说的“文革”夫妇的故事大同小异，关键在于他们的故事一直延续到今天而且还有发展，类似于被打断腿的这个跛子丈夫，居然投靠那个抓他施刑的造反队头儿的门庭挣钱去。造反队头儿受过几年冷落之后，现在是一位腰里别着大哥大的公司老板了……现在反倒是类似于那个告密妻子的陷入痛苦境地，据说是丈夫现在跟着那个不计前嫌的老板北上南下东闯西骗，出入星级宾馆酒楼歌舞厅，既卡拉 OK 又 KTV 还桑拿浴……她在电话中向他复述了这个故事，情绪很沉静，似乎没有了她写过两万余封回信的那种自信与得意，很真诚地说：“上次你讲的那对‘文革’夫妇的故事我没有回答，我觉得那是你们上一代人的故事和困惑；你们上一代人所处的那个时代是一个不正常的时代，用今天正常人的思维是无法理解也无法解释的，因为他和她都是不正常生活里的不正常的人所演绎的不正常故事。现在，当他和她在今天正常的社会里继续演绎不正常的故事时，我竟然第一次感觉到我的肤浅，无法回答那个类似告密妻子的新的苦恼……”他反而宽厚地安慰她说：“是的，你不可能解除所有痛苦着的心灵的痛苦，也不可能拯救所有沉沦的灵魂。”她说：“我总得给她回信呀！情急之下，我用了你的一句话回复了她，就是‘生命之雨’。”

他说：“这话太……”

她说：“我就想起你的这句话……恰不恰当都不管了，上帝！”

蒙蒙细雨依然。依然是如丝如缕如烟。依然是飘飘洒洒无声无响。他已经走到这一段河堤的尽头，河堤朝南拐弯伸展过去，顶头和南岸的山崖接住了；那一段河堤从山崖下开始延伸到雨雾迷茫的无穷无尽的上游。人生其实也类似这河堤，分作一段一段的，这一段到头了，下段又从这儿开始，一直延伸成为一个生命的河流。

河堤拐弯的内堤里，就圈住了好大一片滩地。滩地里有一幢孤零零的土坯房，房子的南墙和西墙上苫着一层长长的稻草，那是防止西风和南边的下山风卷来的骤雨对泥皮土坯的冲刷的，就像一位插秧的农夫身披的蓑衣。房前有一片偌大的打谷场，场角靠近房子的地方有一个黄色的麦秸垛。他猜测这是一个土地承包经营者仓促建筑的房子，从那简陋的建筑判断，主人完全是出于一种临时的考虑，不愿投注更多的钱财给这幢远离村庄的建筑。

一个男人吆着牛拽着犁在翻耕打谷场。打谷场已经完成了夏季打麦秋季打谷的用场，现在翻耕以恢复土地的疏松和绵软，然后撒下早熟的青稞或者油菜籽，赶明年收割小麦之前先收获了青稞或油菜，再把这块土地碾压瓷实做打谷场。男人悠悠地吆着牛扶着犁，没有戴草帽，一任细雨淋着。一个女人站在麦秸垛下撕扯麦草，撕下一把便弯下腰纳到一只大竹条笼里，动作也是悠悠的不急不忙的样子。只是那一件红色的衣衫像一簇火焰在迷茫的河滩上闪耀。

一男一女一低一高两个小孩在场地上追逐，他们从土屋里奔出来时就是互相追逐着的，大约是男孩抢走了霸占了女孩的吃食或玩具，争执便发生了。女孩追着男孩显然力不从心，在溜滑的打谷场上摔倒了，顺势在场地上打滚而且号啕起来。那女人扔下柴火笼飞跑过去，在滑溜的打麦场上跑起来闪动着两只胳膊，像是一种舞蹈。她没有扶起倒地打滚的女孩，一直冲到男孩跟前，一巴掌抽过去就把男孩打翻在地了。她随后转身走过来抱起女孩，另一胳膊挎上柴火笼走进土屋里去了。

他竟然大声喊起来，愚蠢你愚蠢！你是个愚蠢的妈妈！

男人喝住牛插住犁，慢腾腾走过去抱起男孩，也走进那间土屋里去了。

一头在套的牛站在打麦场上甩着尾巴。

土屋房顶的烟囱有灰色的烟冒出来。

他依然站在河堤上。几十年后，那个扯柴火打男孩抱女孩的愚蠢的女人肯定就变成那个放牧着七八只羊的粗硬的老女人了吧？那个受宠的女孩会不会成长为如那个写过两万多封回信的专栏主持人？

那土屋里暴起激烈的吵闹声，浑厚的男声和尖锐的女声。肯定那是关于应不应该打倒男孩的争执。他忽然想到她，如果把这幢远离人群的河滩土屋里的争论提到她的专栏，她还会用他的“生命中的雨”这话来解释给这一对乡野夫妻吗？

旦旦记趣

外孙取名旦旦，已经长到两岁半，常有“惊人”之语出口。每每听到，先是猝不及防，随之便捧腹，或忍不住而喷饭，且不能忘。

他很贪玩，几乎没有片刻的闲静，即使吃饭，仍然是手不闲脚亦不停。这时候，我便哄他说，你不好好吃饭，屁股上都没肉啦！顺手便捏一捏他的小屁股，再鼓励一番，好好吃肉，屁股上就长肉啦。他便真听了话，张口接住他妈妈递到嘴边的一块肉，刚嚼了两下，估计还未嚼碎，便急忙咽下，跑过来，背过身，撅起小屁股：“爷爷你再摸一下，看看长肉了没有？”在一家人的哄笑声中，我只好将错就错：“长了长了！再吃再长！”我亦忍不住笑，这才叫立竿见影！林彪要中国人学习“语录”要“立竿见影”，肯定没有想到这样快的效果和这样幼稚的荒诞和荒谬！

旦旦吃了一块豆腐，蹦过来，转过身，又一次撅起小屁股，认真地说：“爷爷你再摸一下，看看屁股上长豆腐了没？”哇！一家人全部放下碗，停住筷子，笑得前仰后合。

然后就没完没了。一次连一次地重复如前的动作和姿势，一次比一次更加认真地问：

爷爷你再摸一下，屁股上长蘑菇了没?

爷爷你再摸一下，屁股上长木耳了没?

我已经再没劲儿笑了，无可奈何地对他说，旦旦的屁股成了副食超市了。

有一天，我要上班了，照例先和旦旦说再见，然后就走到门口。旦旦却急了，从沙发上跳下来，鞋也顾不得穿，光着脚跑过来，边跑边喊，爷爷别走爷爷别走。我就站住安慰他。他却盯着我喊：爷爷我送你。我也就释然，还以为他缠住我不让出门呢。我拉开门，他先蹦了出去，站在楼梯口，伸出一只小手来。我尚弄不明白他要做什么，就牵住他的手引他进门回屋。小家伙抽回手去，甩了几下，又伸到我面前。我女儿终于明白了，提示我说，他要跟你握手送别呢。我恍然醒悟，随即弯下腰伸出手去，攥住他的小手。他却当即跳着蹦着，另一只手像翅膀一样上下扇着，嘴里连续丢出一串话来："再见！拜拜！巴尼哈！那就这！"

我对于这突如其来的发挥毫无心理准备。旦旦表演完毕，向我摇摇手，又跑回屋里沙发上去了。我走下楼梯走过楼院走出住宅区的大门，心里还一直在想着。"再见"和再见的英语口语"拜拜"他早都会说了，自然是他爸爸妈妈教的。"巴尼哈"是新疆维吾尔语"再见"的意思，肯定是奶奶教给他的。我和老伴今年夏天去了一趟新疆，就学会了这么一句新疆维吾尔语的"再见"。这些当然都不足为奇，奇就奇在"那就这"从何而来，谁教给他的?

想想也不难破译。家里来了人，说完了事，送客人出门，握手告别时我常习惯说"那就这"。意思是我们说过的事就这样了。不仅如此，打完电话时，我也习惯说一句"那就这，再见"。这娃娃不知观察了多少次我的举动和说话，终于和我要来表演一回了。

从这天开始，这样的握手告别仪式就成为必不可缺的铁定的程序，我一天出几次门，就有几次这样的表演仪式，地点也必须是门外的楼梯口。有一次因事急我匆匆开门出去，走到楼下，从窗户里传出旦旦的哭声，哭声不仅大而强烈，且很悲伤，我感到了一种他被轻视了的伤心，我犹豫一下，还是返身回家，弥补了那个握手告别的仪式。他的脸蛋上挂着泪珠，仍然把小手递到我手里，蹦着跳着，左胳膊还是小鸟翅膀一样上下扇动着，哽咽着却一字不漏地说完"再见……拜拜……巴尼哈……那就这"。

旦旦学骑小三轮车几乎无师自通，哪怕是车子可以擦轴而过的狭窄过道，他都可以骑过去。旦旦对我说，爷爷我到北京去了。说罢便踩动车轮钻进另一间房子去了。不一会儿，旦旦又转回来：爷爷我到上海去了。说罢又钻入第三间屋子。我的三室住房加上厨房，不时变幻着中国十几个城市的名字，大都是我或家人出差去过的城市。因为去某个城市的时间和回来之后的一段日子，家人总是说那些城市的见闻和观感，旦旦便在谁也不留意他的时候记住了这些城市的名字，而且被他骑车一日几次地往返了。

旦旦睡觉了，家里便恢复了安静。他的一双小鞋却丢在我的房间的床边。我总是在看见那一双小鞋时忍不住怦然心动。

我说不清什么原因，似乎也没有什么关于鞋的往事的参照或触发，反正看见那双脱下的小鞋时心里就怦然一动，甚至比看见他穿着鞋跑来跑去更加富于诱惑。

回到家里，迎上前来打招呼的总是旦旦。这时候，无论什么不顺心的事和烦恼的事甚至令人窝火的事，全都在旦旦的无序的话语里化解了，说宠辱皆忘说心静如水似乎都不大确切，只是觉得自己就是一个爷爷了。

秋收过后，我带着旦旦回到老家乡村。今年夏天雨水好，秋粮得到了近来少有的好收成，村巷里的椿树槐树皂荚树树杈上，架着一串串剥光了皮壳的玉米棒子，橙黄鲜亮的，这虽然是我自小就看惯了的家乡的最亮丽最惹眼的风景，依然抑制不住对于丰收果实的那种诗意的感受。旦旦也激动起来，扬起两条小胳膊，睁大惊异的眼睛欢呼起来：啊呀！这么多的香蕉呀……

旦旦的惊人之举引来哄然大笑。他奶奶他妈妈和周围的乡亲都笑了。我笑过之后，便不由得感慨。这孩子生在城里，长在城里，两岁半了，第一次看见玉米棒子，把形状类似的香蕉就联想起来混淆一起了。我的三个儿女，包括旦旦的妈妈，都是生长在这祖传的乡间老屋里，他们生在“文化大革命”的非常时期，也是我的生活最困窘的时期，香蕉无异于天国的神果，他们正好可能把香蕉当作玉米棒子。香蕉在现时的乡村，已经不是什么稀奇的水果，乡村小镇和马路边的小店散摊，都摆着一堆堆零售的香蕉，肯定不会有农村孩子再把它当作玉米棒子的笑话发生了。无论大人们怎样开心地调笑，旦旦却早跑到树下，仰起脸盯着树杈上的玉米棒子，跳着叫着要摘下“香蕉”来。

两岁半的旦旦，大约正处于人生的混沌状态，什么都要问，却什么也懂不了；什么都感觉新鲜，过眼之后便兴味索然；什么人的什么话都可以不听，一味固执于自己当时的兴趣；什么行动和动作都想去模仿，结果是毫不在意地又丢弃了。我可以看到一个人成长过程中两岁半这个年龄区段里的全部可爱，混沌的可爱。不必做任何意义上的猜想和推测，两岁半的混沌形态容不得意义，因为它本身属于无意义的自然形态。

这个年龄区段的混沌可能很短暂。因为在两岁的时候，旦旦还不是这样的形态。半岁的变化有点急骤，两岁时说不出的混话和做不出的行为动作，到两岁半时就都发生了。那么我就猜想，再过半岁呢？到了三岁时，该是从混沌状态走出来而踏入半混沌半清明的状态了吗？他在蜕去一半混沌的同时，还能保持那一份憨态的可爱吗？

猜测那混沌状态的可能消失，依恋着那混沌状态的全部可爱，我便打算用笔记下来。我的记性已经很差，无疑是老年的生理特征的显现。想到生命的衰落生命的勃兴从来都是这样的首尾接续着，我便泰然而乐。

家之脉

女儿和女婿在墙壁上贴着几张识字图画，不满三岁的小外孙按图索骥，给我表演：白菜、茄子、汽车、火车、解放军、农民……

1950 年春节过后的一天晚上，在那盏祖传的清油灯下，父亲把一支毛笔和一沓黄色仿纸交到我手里：你明日早起去上学。我拔掉竹筒笔帽儿，是一撮黑里透黄的动物毛做成的笔头。父亲又说：你跟你哥合用一只砚台。

我的三个孩子的上学日，是我们家的庆典日。在我看来，孩子走进学校的第一步，认识的第一个字，用铅笔写成的汉字第一画，才是孩子生命中光明的开启。他们从这一刻开始告别黑暗，走向智慧人类的途程。

我们家木楼上有一只破旧的大木箱，乱扔着一堆书。我看着那些发黄的纸页和一行行栗子大的字问父亲，是你读过的书吗？父亲说是他读过的，随之加重语气解释说，那是你爷爷用毛笔抄写的。我大为惊讶，原以为是石印的，毛笔字怎么会写到和我的课本上的字一样规矩呢？ 父亲说，你爷爷是先生，当先生得写好字，字是人的门脸。 在我之前已谢世的爷爷会写一手好字，我最初的崇拜产生了。

父亲的毛笔字显然比不得爷爷，然而父亲会写字，大年三十的后晌，村人夹着一卷红纸走进院来，父亲磨墨、裁纸，为乡亲写好一副副新春对联，摊在明厅里的地上晾干。 我瞅着那些大字不识一个的村人围观父亲舞笔弄墨的情景，隐隐感到了一种难以言说的自豪。

多年以后，我从城市躲回祖居的老屋，在准备和写作《白鹿原》的六年时间里，每到春节的前一天后晌，为村人继续写迎春对联。 每当造房上大梁或办婚丧大事，村人就来找我写对联。这当儿我就想起父亲写春联的情景，也想到爷爷手抄给父亲的那一厚册课本。

我的儿女都读过大学，学历比我高了，更比我的父亲和爷爷高了（他们都没有任何文凭，我仅只有高中毕业）。 然而儿女唯一不及父辈和爷辈的便是写字，他们一律提不起毛笔来。 村人们再不会夹着红纸走进我家屋院了。

礼拜五晚上一场大雪，足足下了一尺厚。 第二天上课心里都在发慌，怎么回家去背馍呢？ 五十余里路程，步行，我十三岁。 最后一节课上完，我走出教室门时就愣住了，父亲披一身一头的雪迎着我走过来，肩头扛着一口袋馍馍，笑吟吟地说：我给你把干粮送来了，这个星期你不要回家了，你走不动，雪太厚了……

二女儿因为误读俄语，补习只好赶到高陵县一所开设俄语班的中学去。每到周日下午，我用自行车带着女儿走七八里土路赶到汽车站，一同乘公共汽车到西安东郊的纺织城，再换乘通高陵县的公共汽车，看着女儿坐好位子随车而去，我再原路返回蒋村——正在写作《白》书的祖屋。我没有劳累的感觉，反而感觉到了时代的进步和生活的幸福，比我父亲冒雪步行五十里为我送干粮方便得多了。

我不止一次劝告女儿和女婿，别太着急了，孩子三岁还不到，你教他认什么字嘛！他现在就应该吃饭、玩耍甚至捣蛋，才符合天性。女儿和女婿便说现在人对孩子智商如何如何开发，及至胎儿。我便把我赌上去：你爸爸八岁才上学识字，现在不光写小说当作家，写毛笔字偶尔还赚点润笔费哩！

父亲是一位地道的农民，比村子里的农民多了会写字会打算盘的本事，在下雨天不能下地劳作的空闲里，躺在祖屋的炕上读古典小说和秦腔戏本。他注重孩子念书学文化，他卖粮卖树卖柴，供给我和哥哥读中学，至今依然在家乡传为佳话。

我供给三个孩子上学的过程虽然也颇不轻松，然而比父亲当年的艰难却相去甚远。从私塾先生爷爷到我的孙儿这五代人中，父亲是最艰难的。他已经没有了私塾先生爷爷的地位和经济，而且作为一个农民也失去了对土地和牲畜的创造权利，而且心强气盛地要拼死供给两个儿子读书。他的耐劳他的勤俭他的耿直和左邻右舍的村人并无多太差别，他的文化意识才是我们家里最可称道的东西，却绝非书香门第之类。

这才是我们家几代人传承不断的脉。

何谓良师

大概是70年代末的最后一年的初夏，关中平原正勃发着一年四季里最迷人的景致，复苏的中国文学界亦如这自然界的景致一样撩拨着新老作家们的创造欲望。那时候，我去刚刚恢复不久的陕西作家协会参加一个什么会议，认识了吕震岳先生，直到今年春天我去他的灵堂前点燃一炷紫香，无论如何都抑制不住涌流的泪水了。

那次会议即将结束时，吕震岳来到我住的房子。“你是陈忠实吧？”问过我的名字又自报家门，“我是吕震岳，陕报文艺部的。”我便让座倒水，尤其是对一位年长于我的头发已显得稀疏的老编辑，因为头次见面，愈是礼仪敬重。他坐下后没有寒暄和客套，直接谈明来意，约我给陕报文艺版写篇小说：“你以前的几篇小说我看过，很不错，有柳青味儿。”我便应诺下来。他又叮嘱说：“一版顶多只能装下七千字，你不要超过这个数就行。”说罢就告辞了，干脆利索。

我那时候的心态刚刚调整过来。三年前的1976年春天，刚刚恢复的《人民文学》约我到北京参加一个写作笔会，我写了一篇适应当时反“走资派”的小说在该刊物上发表了，引起较多反响。随着“四人帮”的倒台和在一切领域里的拨乱反正，我在社会政治领域里的巨大欢欣与在写作上的失挫，形成剧烈的心理冲突，直到1978年的冬天，仍然陷入在真实的又不想被人原谅的羞愧之中。记得我当时正在灞河河堤的会战工程中领工，我和指挥部的同志住在河岸边土崖下的一座孤零零的瓦房里，生着大火炉睡着麦秸铺。正是在被春汛严逼压迫着的紧张的施工过程中，我先后读到了两篇记忆犹新的短篇小说，先是发表在《人民文学》上的陕西青年作家莫伸的《窗口》，后是被后来公论作为新时期文艺复兴潮声的刘心武的《班主任》。莫伸比我年轻许多而刘心武和我同龄，然而都是崭露头角的文学新人，都是从刚刚解冻的文坛土壤里蹿出来的惹人眼目的新苗。我读着这些优美的小说不由得联想到自己的失挫，更深地陷入羞愧之中，便把全部激情都转移到我所指挥着的河堤工程上。

直到这个工程完工的1978年秋天，我便调入西安郊区文化馆。我再三地审视自己判断自己，还是决定离开基层行政部门转入文化单位，去读书去反省以便皈依文学。郊区文化馆在小寨，有两处办公用房，一处在小寨俱乐部的小楼里，住着大多数文化干部和文化领导，另一处是“文化大革命”前的老文化馆所在地，全部是平房，已破落残损，有三四位干部挑着好点的房子住着，院中荒草尽兴地繁衍着。我便选了东南角一间空房，把一卷铺盖卸下来，掉下来的半张顶棚的苇箔经民工重新搭吊上去，残留在墙上的黑墨标语被我用报纸糊住了……我便坐下来读书。窗外是农民的菜地，生长着日见膨大的白菜，白菜地的畦梁上插长着绿头萝卜，也是日渐粗壮着。我从早读到晚，或借或买，图书馆里获得解禁的小说和刚刚翻译出版的国外的即使获过诺贝尔奖对我们却陌生的大家名作，一概抱来阅读。目的只有一点，用真正的文学来驱逐来荡涤我的艺术感受中的非文学因素。“四人帮”可笑的“三突出”创作原则因为太离谱姑且不论，十七年里极左的文学创作的理论和思想，都不是真正意义上的属于文学自己的因素，是强加以至强奸文学的非文学因素。对于非文学因素的荡除和真正的纯文学因素的萌生，对写作者来说，用行政命令是不行的，只有用阅读真正的文学作品来荡除，假李逵只能靠真李逵来逼其消遁。

我的自我审视和自我选择在我的感受里是正确的。阅读使我进入了真正的五彩缤纷的小说世界，非文学的因素基本被廓清了，我才觉得我正临门属于真实的文学的殿堂。信心也恢复了，羞愧的心理得到了调整，创作的欲望便冲动起来。直至今天，我依然难忘 1978 年的那个自虐式的阅读和反省的冬天，每每经过翠华路看见历史博物馆的漂亮建筑群，我便想到我曾居住过的那间房子和窗外的菜地，但现在都荡然无影了。1979 年春节过后，我在那间小房子里重新开始写作小说了。正是在我刚刚涌起新的创作激情里，我遇见了吕震岳，他向我约稿。

我十分珍惜吕震岳的约稿，同样是那个羞愧心理的继续。那篇反“走资派”小说所产生的对我的看法，仍然是我的神经最敏感的因素，因而对那些依然还约我稿的编辑，更多的是一种被信赖被理解的感遇之恩了。由是，便想着应该尽力写好一篇小说送上，不致使这位初次见面的长兄失望。然而正在构思中的一篇小说篇幅较大，原计划给《人民文学》的，不怕长，便想着写完这个短篇之后，接着为陕报老吕再写，七千字是一个不能突破的限制。这时候，接到吕震岳一封信，信皮和信纸上的字，都是用毛笔写的，字很大，虽称不得作为装饰和卖钱的书法，却绝对可以称作功夫老到的文人的毛笔字。内容是问询稿子写得怎样了，一月过去了怎么没有见寄稿给他。我读罢便改变主意，把即将动笔要写的原想给《人民文学》的这个短篇给老吕，关键是怎样把原构思的较大的篇幅压缩到七千字以内。如果就结构而言，这个短篇是我的短篇小说中最费过思量的一篇，及至语言，容不得一句虚词冗言，甚至一边写着一边码着纸页计算着字数。写完时，正好七千字，我松了一口气，且不说内容和表现力，字数首先合乎老吕的要求了。这就是《信任》。

稿子写成心里又有点不踏实，主要是内容。这篇小说写一位挨整受冤的农村基层干部，以博大的胸襟和真诚的态度对待过去整他的“冤家仇人”，矛盾甚至很尖锐。写成后我又有点踌躇，当时正是伤痕文学如苦水怒潮般汹涌，控诉祸国殃民的“四人帮”，社会生活中亦是平反冤假错案刚刚激起社会各阶层强烈反应的普遍性情绪，围绕着“四清”运动的矛盾，农村社会的新的矛盾和社会心理也很尖锐和复杂。这篇小说以这样的人物出现，会不会引起误解？我一时拿不定主意，就带着稿子去找老朋友张月赓，让他给看看，以较为客观的眼光给我把握一下。

张月赓还住在西安晚报社的两层简易居室里，一大间屋子没有隔间，既是卧室也是书房又兼着会客用。部队作家丁树荣已先在座，见面自然都很高兴。我说了事由，便拿出刚刚写完的稿子，二人连续着读了，对我申明的担心以为是多余。丁树荣很热情，说他和老吕很熟悉，正好还要去找老吕，可以替我捎带上稿子。我就把稿子交给丁树荣，夹没夹一纸给老吕的短笺已经忘记了。我第二天就下乡参加夏收劳动去了。

从把稿件交给丁树荣那天起，恰好一周时间，《信任》便在《陕西日报》的文艺版面上刊出了，时间是 1979 年 6 月 3 日。这是我自有投稿生涯以来发表得最快的一篇作品。我听到了我周围的熟识的行政干部的议论，尚不敢完全轻信，以为可能有更多的鼓励的因素。又过了大约不足半月，我刚刚从乡下参加夏收劳动归来，又接到吕震岳一封信，意思说作品发表后引起普遍反响，已收到不少读者来信，让我到报社去看看那些读者来信的评说。

我心里便有点按捺不住，骑上自行车绕大雁塔那条路奔东大街的陕报去了。似乎是一种潜意识，我尤其看重读者的反应，想听听文学圈以外的各个阶层各种职业的读者的评说，直到今天依然是这种心理。这应该是我第二次和吕震岳见面，老吕对我似乎已经是老早的熟人一样随意了。记得我见他第一面留下的最深刻的印象，便是他说话的高嗓子大调门。这回在他的编辑桌旁，不仅依然这样说话，笑声同样是高腔大声，用畅快用爽朗这些词来形容似乎总不到位。他的情绪很兴奋，完全是一种编发了一篇引起普遍反响的稿子的由衷的快慰。他一边给我述说着丁树荣怎样捎稿给他，他读后的感觉和抓紧处理稿子以促使其尽快见报；一边用右手频频做着手势。我是深深地被感染被感动了的。一个职业编辑，一位长我起码十岁的老兄，毫不掩饰他的兴奋之情，像年轻人一样手舞足蹈着高声叙说着哈哈大笑着，给我一种赤诚热心而不无天真的强烈印象，他随之把一摞读者来信取出来交给我，感慨地说，看看，刚发表十来天，来了多少信说这个作品。

我一封一封读着那些从全省各地发往报社的信，禁不住眼热欲泪。不完全因为他们对我的一篇小说说了怎样的好话，更多的是我太需要他们对我的“信任”了。因为那篇写反“走资派”的小说造成的不良影响，我企图以新的创作来挽回，挽回那些可能弃我而去的读者，重新建立我和读者的真诚的信赖。那一封一封热情洋溢的信向我证明了最基本的这一点，正是我最心虚着企望充实的一点。然而其中有一封信，以不屑的口气评说《信任》，更以不屑的口气讥讽着我，说我在“文化大革命”期间写过适应时风的小说，现在又倒过来写什么《信任》，等等。我以为他说的是基本客观的事实，他肯定读过我过去写的几篇以阶级斗争为主调的短篇小说。不屑的讥讽的口吻不是批评的关键，亦可促使我更进一步做人生和文学的反省。这些信后来由老吕选发了三篇，在《作者·读者·编者》专栏里，我也看到了。有趣的是十五六年后，我躲在渭南一家招待所里写几篇应急的短文，有天晚上宾馆（招待所）经理来和我聊天，说那三篇被选发的读者来信中，有一篇是他写的。他写那篇读后感式的信的时候，正在渭南地区所辖属的一个县的水利局工作，接近基层农村，强烈地感觉到，因为几十年阶级斗争扩大化给许多无辜的群众和优秀的基层干部造成的伤害，在实施平反冤假错案的过程中，又出现了新的矛盾和对立，甚至出现简单的个人之间的报复行为。他对这篇小说里的主人公对待同类矛盾的襟怀十分感动，以为是化解阶级斗争造成的人为矛盾的有远见的途径，忍不住便写了那封信。其实，他平素只是喜欢读书看报，并不搞写作，后来几经工作调动，现在已是这家宾馆的经理了……听来真是令人感慨系之。

至今依然记忆犹新的是，由丁树荣把稿子捎给老吕之后，我就到西安北郊的一个生产队参加夏收劳动去了，按当时干部下乡的习惯，自行车后架上捆绑着被褥卷儿，车头上的网带里装着洗漱用具。大约十天或半月的下乡期满回到郊区文化馆里，《信任》已经发表多日，我在紧如救火的夏收劳动中尚不得知。回到馆里之后才看到发表《信任》的版面，“信任”两字是某个书法家的手书，有两幅描绘小说情节的素描画作为插图，十分简洁又十分有气魄，看着看着就觉得眼热。这是我第一次在《陕西日报》文艺副刊上发表作品，但不是处女作，此前已经有为数不少的小说散文在杂志和报纸副刊上发表，按说不应该有太多太强的新鲜感。我不由自主地“眼热”，来自当时的心态和更远时空的习作道路的艰难。当时的心态已如本文开头所叙的反省和调整，这篇小说的发表无疑给我以最真实的也是最迫切需要的自信。更深层的感慨发自此前十八年给《陕西日报》的一次投稿。

1961 年，正是后来被习惯称作“三年困难时期”最困难的那一年，我正在读高中二年级，无法化解的饥饿折磨着几乎所有人，尤其是正处于生理生长最活跃的中学生。市教育局为保护处于这个不幸年代的学生，采取了非常措施，取消晚自习自然也就取消一切作业，实行“劳逸结合”来对付饥饿，老师只需完成课堂授课而不再批改作业，学生只需接受老师的讲授而不再去做任何科目的作业题，消耗热量的体育课干脆废除不上了。我突然发现空闲的时候太多了，空闲得令人反而不习惯起来，自然就把课余的时间和精力全都用到阅读和写作这个爱好上头来。我和我的同样爱着文学的朋友常志文，找到了一个既省钱又能读到新书的办法。每天晚饭后，我俩悄悄溜出学校后门，抄田间近路步行到距学校十余华里的纺织城商场，直奔书店。靠在装满各种书籍的书架立柱上，抽出昨天正在读着的那本书继续读下去，直到大约九点或九点半钟商场统一关门，我再最后看一眼正在阅读着的页码，合上书装进书架然后离开书店。那时候没有“微笑服务”，更没有礼宾小姐站在门口躬身欢语“欢迎光临”的礼仪，却不拒绝如我一类无钱买书的人连续阅读自己感兴趣的书。我和我的朋友便从来时的小路再走回灞河岸边的这所由孙蔚如先生创办的中学，我俩关于阅读心得的交流一直继续到校门口才收住。上床睡觉以前，先喝一大碗盐水哄自己入眠，因为饥饿早已搅得肠胃疯狂起来。在往来二十余华里的疾步运动中，本来就没有吃饱的晚饭早已被消化光光了。这样的课余活动的运动量和对热量的损耗，可能远远超出了做作业和一周只有两节的体育课。

同样在这一段没有功课压力的轻松日子里，我和常志文、陈鑫玉三位文学爱好者组织起来一个文学社。苦于喜欢文学而总是找不到创作的门路，文学社就被命名为“摸门小组”。仅这个名字就可以看出我们当时对于创作的心境和情态，不无猴急和彷徨。成立文学社的同时决定创办文学墙报，名字定为“新芽”，不无才露尖尖一角的小荷的含意。这是一个纯文学的墙报，不是那种为纪念各种重大节日所办的壁报。“新芽”发表小说、散文和诗歌，必须是文学社成员自己创作的，当然也欢迎同学投稿。

创刊号上，刊登了我的一篇散文《夜归》。陈鑫玉鼓动我把这篇散文投给报刊，我缺乏勇气，终未敢把它投出。我的朋友却把它另写下来，寄给了《陕西日报》文艺部。大约不到一月时间，鑫玉某天从家里来就兴奋地告诉我，说报社来信了，他兴奋激动的表情，自然传递给我某种希望，某种侥幸混合着的急切心理。信的内容是肯定了这篇散文的长处，也指出了缺陷，关键词是让我修改一下，尽快寄去。我到此刻才真正地激动起来，似乎真的就要“摸”到那个神圣而又神秘的“门”了。我很快做了修改，又寄出去了，此后便开始了急切而又痛苦的等待。等待来信通知一个几乎让人不敢奢望的消息。等待中天天到学校的阅报栏去看《陕西日报》，自然是发表文艺作品的第三版。这是我创作生涯中发生的关于投稿的第一次等待，第一次感受那种企望和失望交织着的急切和焦灼的心情。奇迹终于没有出现，我在随之到来的高考的紧张准备中把此种情绪排挤开去。

结束高中学业，高考名落孙山，我在最初的别无选择的痛苦中回到家乡，被公社选拔为民办老师，这才真正开始了我的业余文学创作。次年春天，我重新把《夜归》做了修改，再次投给《陕西日报》，不久又来了信，肯定了长处也提示了不足，仍然让我修改后再寄去。我又一次陷入期待的焦灼之中。久久的等待中，我终于忍耐不住，借着学校到西安举办什么活动的机会，找到了社址设在东大街的《陕西日报》。我在报社门口踌躇着踅摸着，想不出进入报社文艺部该怎么开口的措辞，自卑和羞怯的浓雾挥斥不开。我终于硬着头皮走了进去，看见文艺部的几张办公桌前坐着几位编辑，我朝门口那一位发出了问询。关于我的这篇散文，均不在在座的编辑手里，便推测肯定在一位已经下乡锻炼的编辑手中，可他大约需要半年才能结束劳动锻炼。

那位好心的编辑很诚恳地暗示我，凡是能发的稿子，肯定会交代给编辑部的。既然没有交代我的那篇散文，肯定是发表不了的了。这次投稿和第二次修改又失败了，我走出《陕西日报》深长的院庭甬道时，直接的感觉是，那个“门”还遥不知其所在，任何轻易“摸”到的侥幸心理自然云散了，反倒轻松了，当然不可排解自卑。我至今无法判断当时在座的编辑之中有无吕震岳，因为我除了和那位同样不知姓名的编辑说话之外，几乎不敢乱瞅乱看别的人。我站在陕西日报社门口，回望一眼那拱形的门楼和匆匆忙忙进进出出大门的人，还是免不了自惭形秽的自卑。这是我平生第一次走进一家报社的大门，目的是问询自己投递的一篇习作，留下的记忆难以泯灭。在我被老吕邀请到他的办公室去看读者来信的时候，我心里涌起的便是十几年前头回进入时的复杂心理的记忆。我和老吕聊起这件事，老吕哈哈大笑着说他毫无记忆，那时候出出进进文艺部的各路业余作者太多了。我至今也无法弄清那位两次写信鼓励我修改后再投的编辑是谁，他每次写信都不署姓名，只缀着文艺部的落款。直到1965年春天，我把这篇散文打破原先框架，重新构思重新写作，名字改为《夜过流沙沟》，只是没有勇气投给“省报”而改投“市报”，不久就在《西安晚报》文艺副刊上发出了。这是我的变成铅字见诸报刊的第一篇习作，历经四年，两次修改，一次重写，五次投寄，始得发表。我在感激《西安晚报》那位发表它的编辑的同时，也感激《陕西日报》那位两次给我写信鼓励我修改的不知其名的编辑。在这篇散文漫长的修改过程中，我在“摸门”，或者叫作最初的探索；在从事这个容不得任何侥幸的事业的起始阶段，这篇处女作的修改和发表的漫长过程，实际上是我进行文学基本功练习的一个缩影。我和老吕聊起这件事，除了艰苦跋涉的感慨之外，还有一种心理补偿的欲望，我想那位给我两次写信的编辑最好能在此刻在这个办公室出现，我会向他致以最真诚的问候和感谢。他的那两封信，是我写稿投稿生涯中第一次收到的报刊编辑的信。老吕也感慨着。

七月号的《人民文学》转载《信任》。那时候，《小说月报》等一类选刊还没有创办，《人民文学》辟有转载各地刊物优秀作品的专栏，每期一两篇。

80 年代的头一个春天到来时，《人民文学》编辑向前给我写来一封信，告知《信任》已获 1979 年度全国优秀短篇小说奖。那时候的评奖采用的是读者投票的方法，计票的结果一出来，前二十名便被确定下来。我当即将此事告知了吕震岳，他和我一样高兴。现在回想起来，无论是我，无论是他，当时似乎没有把这个获奖看成有什么太了不得的。倒是后来愈来愈觉得这种全国性评奖真是了不得的。一是这种奖项被看作一种标志，评职称升工资等等都成为一个硬件；二是这种评奖的竞争愈来愈趋激烈，单就每年一次的短篇小说评奖，已经取缔了读者投票的方法，改由评委投票，非文学因素影响评奖的事时有传闻。我并非超脱文坛，亦非淡泊名利。我从来不说淡泊名利的话。我至今以为，文坛本身就是一个名利场，淡泊不了的，除非你离开。问题的实质在于以什么手段去提高“知名度”和获取“利”，唯一可靠的途径只能是拿出自己独特感受的作品来，即以文学的因素实现文学创造的目的，任何非文学的因素都是无法奏到长久之效的。一个不足七千字的短篇获奖，不可能决定我未来创作的发展，未来的路才刚刚开始。我对自己未来的创作发展不仅没有十分的自信，甚至依然有着自卑的惶惑。因为任何一位能被我们记住的作家，都不是凭一个小小的短篇而铸就自己的文学成就，证明自己的文学才能的，这是文学史的 ABC。作为职业编辑的吕震岳，更有丰富的经历和经验，早看多了作家创作发展的种种，所以更多地仍然是说着“多读多思索”的鼓励我的实话。颁奖的通知到来时，我的心里丝毫未动，我的农民夫人突发心脏病月余，我须陪她去医院看病，便请假缺席了。

作为新时期文艺复兴的第一项全国文学奖——短篇小说奖，这是第二届评奖，发奖仪式很隆重，我在报纸上看到了消息。之后某一天，我用自行车带着病情稍轻的夫人从城里看病回来，走到距家尚有七八华里的一个村子，迎面停下一辆小汽车，走出《陕西日报》的文艺评论家肖云儒来。他们开车到了我的村子扑了空，折回来时碰到了。他说报社文艺部领导很重视《信任》获奖，作为报纸副刊的作品能在全国获奖尚不多见，约我写一篇获奖感言的短文，老吕因身体不适而委托他来。我后来写成了一篇《我信服柳青三个学校的主张》的创作谈，这是我从事写作以来第一次写谈创作的文章。

这一年，《陕西日报》文艺部发起了“农村题材小说征文”，老吕给我写来一封信，鼓励我应征。我已经从原郊区文化馆分配到灞桥区文化局，被提拔为文化局副局长，兼文化馆副馆长。为了能避免琐细的事务性干扰，我住在灞桥镇的文化馆里，潜心读书写作。接到老吕的信，我写了短篇小说《第一刀》，不需叮咛便明白七千字的版面极限。这篇小说同样得到老吕的欣赏，以一周的最快速度见报。此后，又收到了一批读者来信，选发了三篇。这是写农村刚刚实行责任制出现的家庭矛盾和父子两代心理冲突的小说，引起读者的普遍关注是可以理解的。尽管在征文结束后被评了最高等级奖，我自己心里亦很清醒，生动活泼有余，深层挖掘不到位，然而关于农村经济改革的思考却由此篇引发，发展到我的第一个中篇小说《初夏》的最后完成。

1982 年我的第一本小说集子《乡村》出版，在我赠送书籍的名单上自然不可或缺老吕。这本集子里有他鼓励催促下写成的三篇小说，且是在我创作发展的关键时期有着特殊意义的作品。这年冬天，我调到省作协专业创作组。在取得对时间的完全支配权之后，我的直接感觉是走到了我的人生的理想境界：专业创作。我几乎同时决定，干脆回归老家，彻底清静下来，去读书，去回嚼二十年里在乡村基层工作的生活积蓄，去写属于自己的小说。尤其是读书，需要弥补未能接受大学中文系专修的知识亏空和心理空虚，需要见识中外大家名著所创造的艺术大观，更深一步进入真正的艺术世界，揣摩真正的文学的本来内蕴，以彻底排除非文学因素和出于各种用意强加给文学的额外负载，接近再接近真正的文学的本义。我记得我到陕报去和老吕说了归乡的打算，他仍然高调门感叹着好好好，真诚地说，写作靠热闹是不行的，得拿出好货来。

回到祖居的老屋，反而有一个不长的适应期。偶尔有文学朋友和约稿的编辑找到村子里，都是我十分愉快的事，包括传来许多文坛最新的消息和趣闻。偶尔收到老吕的信，仍然是老文化人的个性明显的毛笔字，或问讯或约稿，读来十分温馨。中篇小说《初夏》在《当代》发表以后，接到老吕一封长信，说他对这篇小说特别喜欢，不完全是因为《第一刀》的缘由；到这篇中篇获《当代》文学奖时，我告诉了他这个消息，老吕像小孩一样拍着简易沙发的扶手大声慨叹起来，似乎验证了他的阅读感觉。他说他在什么报纸上看到《当代》的广告目录，专意到邮局的报刊门市部买来了杂志，读完便给我写了那封长信。乃至 1986 年上海文艺出版社出版我的以《初夏》冠名的第一个中篇小说集子，我拿到书后，从乡下赶到西安，找到老吕家里。其时他已退休，住在炭市街的平房住宅里。我送上这本集子，他翻着看着，说那本集子里收编的几个中篇大都读过了。他告诉我，凡是他在什么杂志上发现我的作品就一定要读，凡是他听说我在哪里发了什么小说就自己找来读。他坦率地说着对那些小说的感觉，好的和遗憾的诸多方面，已经远远不是《信任》或《第一刀》经他发表时的交谈深度了。这一次，是我更深地理解老吕这个人的重要接触。我真切地被这位老兄感动了。他已经退休，已经不再为报纸副刊和我打交道了，他关注我的作品和我写作的发展，至少是出于一种纯粹的关于一个与他打过交道的作者的关注，仅仅只是这个作者的作品他曾经喜欢过付出过心血，仅仅只是这个作者本人他比较喜欢，仅仅只是他希望自己喜欢的这个作者的创作更健康地发展。这就够了，这就足够我这个经他扶助的作者体会人世间那种被赞美着的真诚了；足够我再重新理解作为中国文学各类职业编辑的良苦用心了，任何时候要是还没有忘记这一点，我便相信自己的尾巴会紧紧夹住；足够我理解作为个人劳动标志很明显的创作，其实还有更丰富的社会的催人奋斗的那种力量。告别老吕，重新回到祖居的家园，《初夏》这本书也就划归明日的黄花。我必须以新的艺术形态给老吕这样的职业文学编辑一个见面时可以再聊的话题，包括更多的还喜欢着我的小说的读者。 真正的文学意义上的友谊给我的就是这种冲击力。

听说老吕病了时，我很震惊，找到他的新居里，是在一个夏天的晚上。 我已得知他得了一种今天的医疗水平很难治愈的病，便约了精于摄影的郑文华去拍一张合影。 我们相交整整二十年来，竟然没有拍过一张合照，我不在乎这种照相，他也不在乎这种形式的东西，二十年里我们多次见面却没有谁想到照一张合影。 我到邻近的水果店铺里买了水果，也应是第一次。 二十年里我多次去过他供职的编辑部和他的家里，从来没带过一件礼物，一盒烟一瓶酒都没有过。 那个时期里似乎不兴这一套，我也没有这种意识，似乎拿着这种东西会使他和我都尴尬的。 他现在病了是个病人，按我的心理和习惯，看望病人带上水果是礼仪成俗的。

他坐在一辆轮椅上，因为病痛所致的骨头损害，不能坐太软的沙发。 他说他出医院好久了，病情稳定。 他比以往消瘦了，脸色尚好，仍有既往的红色，表面看不出太多的重病的疲倦和忧郁。 他说话依然是朗朗的高调门大嗓子，几乎与我以往的印象没有任何变化和差异，也许是强性子的他自然显现的刚强。 我和他聊了他的病情，他却更多地问我现在的工作和写作，不无惋惜之意，甚至启发我赶快离开西安，重新找一个地方去读书去写作。 他那么感慨着对我的深层理解，写到这程度太不容易了，再浪费时间就损失太大了云云。 我无言以对，也不想对他说出我的苦恼。 如他一样的感慨我已从许多朋友口里听到，然而我不想让他再为我担这一份心。 我尽量以轻松的话题和他交谈，包括回忆我们以往的趣事，他便大声愉快地笑起来。 我给他留下我出版不久的五卷本《文集》，他问《白鹿原》收编在内没有。我说主要的作品全都收入了。他说他早已读过《白鹿原》，不断地感慨着从他编《信任》到《白鹿原》的阅读感觉。临到我出门时，他仍然鼓励我，什么都可以看轻，看淡，再弄出两本书来，弄到这程度太不容易了……

我收到老吕一封信，看小小信封上那很大的行书毛笔字就熟知了。打开信封，夹着他的一页短笺和一块报纸的剪贴文章，是他发表在《陕西日报》的一篇关于《白鹿原》的短论。我的心头一沉，读了短信再读短论，沉默许久都不知道该做什么。他已到骨癌晚期，忍受着怎样的痛苦，仍然还要写这样的短论，仍然还要对《白鹿原》一书获茅盾文学奖的事说他的看法和意见。其时，关于这本书和这个奖的热闹早已过去，我已不再接受关于这个话题的媒体采访。《白鹿原》一书自出版以来的五年时间里，我看到过许多评论家、作家、记者和读者和或长或短的评论文章，说长道短在我已经于心不惊平静听取了，然而老吕的这篇短文一下子把我推入情感的波涛之中，无论如何我都不能把它看作是一篇“评论”……这是我收到的老吕的最后一封信，那功夫老到笔力遒劲的毛笔字啊！

今年春天，我接到老吕家属的电话，是哽咽着的女声报告的噩耗。当晚我赶到老吕家里，只能面对一幅围裹着黑纱的相片了。我站在灵桌前腿就颤抖起来了，看着照片上那昂昂的朗朗的面容，泪水一下子涌流出来，想叫一声老吕也终于哽塞得叫不出声。他的夫人告诉我，他把我送他的那套《文集》，一直在桌子上用书夹栽着，而没有塞进他的书架，直到他去世。我又一次涌出泪水，却说不出任何话来。

走在夜晚的东大街，五彩的霓虹灯光是这座古城的新的姿容。 天上似乎落着细雨，我木然地走着。 我的小说中那个被我赞美也被我批判着的白嘉轩的生命感叹竟从我的心里涌出来了：世上最好的一个文学编辑谢世了！

（此文系忆我的责任编辑吕震岳）

为了十九岁的崇拜

一

第一次看见王汶石，大约是70年代初的事。

记不清是谁家举办的一次业余作者会议，我也参加了。那时候的时代用语为“工农兵业余作者”，会议也称为“学习班”。

柳青、杜鹏程、王汶石等小说大家出席了会议，成为业余作者们最大的兴奋点。会后大家在一起聊天，话题仍然围绕着第一次看见自己崇拜仰慕已久的这几棵文学大树，说自己的印象，随后就给他们相起面来。比较一致的看法是，柳青像一只苍鹰，杜鹏程像一匹马，而王汶石则更像一只狮子。这种比拟不单是初见他们的面孔和体形做出的形象化概括，而且融入了对他们作品的阅读印象，是对人的形象气质和作品的艺术气质综合起来的归结。

第一次见到王汶石之前，我已经读过他发表和出版的全部小说。短篇小说集《风雪之夜》里的十几个短篇，作为范本不知读过多少遍了，一个个活灵活现的乡村人物至今依然储存在记忆里，一幅又一幅关中乡村生活的逼真场景和细节依然记忆犹新。现在回味起来，对我而言，柳青的《创业史》和王汶石的《风雪之夜》的最直接的启示，是把小说的艺术真实和生活真实的距离完全融合。尤其是我生活着的关中乡村，那种读来几乎鼻息可感的真实，往往使人产生错觉，这是在读小说还是在听自己熟悉的一个人的有趣的传闻故事。我对创作的迷惘和虚幻的神秘幕纱可以撩开了，小说的故事和人物就在我的左邻右舍里生活着。渭河平原的乡村所诞生的《创业史》和《风雪之夜》，丝毫也不逊色于顿河草原上诞生的《静静的顿河》《被开垦的处女地》和《顿河故事》。我读肖洛霍夫、我读契诃夫、我读莫泊桑，且不说艺术感受，单就那个作品与自己的生活实际的距离感无法消弭，这里的乡村似乎永远看不到那里发生的动人的故事。《创业史》和《风雪之夜》给我的纯粹属于创作上的启示就在于，作为关中边缘地带的灞河川道，白鹿原以及北岭骊山这些我所熟悉的地域里，同样蕴藏着小说故事和小说人物，能不能寻找、捕捉、开掘出来全得靠自己的努力了。这样，我从最初的迷惘和虚幻之中挣脱出来，眼光落到自己脚下的土地上了。

阅读《沙滩上》的情景，今想来仍然令人心动。

读高中二年级时，我和另外两位同样喜欢文学的朋友组织起一个文学社。我们三人合资订了一本《人民文学》杂志，新杂志邮寄到来的日子，无异于我们的圣诞节，三人轮流阅读。印象最深的有两篇作品，一是话剧本《胆剑篇》，令我们激动了好久谈论了好久；一是王汶石的短篇小说《沙滩上》，三个人几乎是接力式的迫不及待地阅读了，相约着走出学校后门和后门外的操场，翻过灞河长堤和柳树林带，在灞河水边的沙滩上围坐下来，讨论起《沙滩上》来了。这样的讨论连续有三四次，都是在晚饭后的自由活动时间里进行的，每一次都持续到熄灯就寝的钟点。处于艺术创造鼎盛期的王汶石，大约不会料想得到，在星光朦胧的灞河滩上，三个读高中的农家学生在热烈而动情地谈论着他的名字和他刚刚出台的人物——大军和囤儿的方方面面，正在把他营造的这幢瑰丽的艺术建筑拆卸开来，窥看一柱一梁以及其中的窍门……多年以后，当我每见到他的时候，阅读和讨论《沙滩上》的这一幕就首先浮现出来。

二

1979 年 6 月，我从西安北郊参加夏收劳动归来，第二天到《西安晚报》参加一个座谈会，见到杜鹏程。老杜一见面便说他看了《陕西日报》刚刚发表出来的我的短篇小说《信任》，多所赞扬，一派喜形于色的神态，令我感动。老杜又告诉我说，汶石也看了，认为很不错。这是这篇小说见报几天来，我第一次听到的文学圈子里人的反应，而且是我崇敬而又崇拜着的陕西文学两棵大树的评说。

当天晚上，我回到西安南郊的郊区文化馆，门上贴着一张纸条，是《人民文学》编辑向前留的。我找到向前的住所时，她说她已经见过王汶石了，老王一见面就谈《信任》，而且建议由《人民文学》转载。随之告诉我，她已经找到《信任》读了，已经向编辑部打了长途电话，转达了老王老杜们的意见；编辑部已经找到《陕西日报》，看过了《信任》，决定七月号转载。当时已是 6 月中旬，七月号的《人民文学》怎么来得及转载呢？

向前说，这很简单，抽掉某一篇已排定的稿子就成了。

骑车重回南郊的路上，我的心里一直不能平静，直到推开我的那间破烂的房子的门。那时候我已三十七岁，此前已经发表过一些小说和散文，对于某篇作品的好话好评虽不敢说超脱，但也不至于得意忘形。我的难以平静的心潮，完全是被老王老杜们的关爱冲击起来的。此前三年，我在刚刚复刊的《人民文学》上发表过一篇迎合当时潮流的反“走资派”的小说，随着“四人帮”的倒台以及一切领域里的拨乱反正，我陷入一种尴尬而又羞愧的境地里。经过大约两年几乎是自虐式的反思和反省，1979 年春天我重新铺开稿纸写小说了。在这样的处境和心境里，老王老杜们的一句关爱的话和关爱的行动必然会铸就我心灵里永久的记忆。我更想到另外一层，他们早已是文学大树，这样关注一个走了弯路的青年作者，在他最需要支持和处于羞愧心境的时候，做出如此热诚的举动，足够我去体味《风雪之夜》创造者的胸怀、修养和人格境界了；具有这样的人格境界的人，才能酿制出《风雪之夜》这样的蜜来。我要接受的显然不单是《风雪之夜》书的艺术，而是创造者本人的人格魅力了。许多年以后，我经历了更多的创作实践，也多多少少经历了新时期以来的文学进程，也许是增长了不少的年岁，愈来愈觉得作家自身精神境界和人格修养对于创作的关键性作用了。制约作家感受生活挖掘素材深层提炼的因素中之最关紧要的一条，便是人格精神；人格精神的错位，往往会把良好的艺术天性矮化了，令人惋惜。

无论过去搞业余创作，无论后来调入作家协会搞专业创作的几十年时间里，我对陕西作家协会的唯一亲近的感情便是文学。

我长期住在西安郊区乡村或城镇，或开会或办事得进城去，顺便走一趟作家协会，在《延河》编辑部坐一坐聊聊天，与同代的作家聊聊闲话。往往所能听到的，是编辑热烈议论诸如即将刊发的短篇小说《手杖》，京夫的这篇作品标志着一个阶段性的艺术突破；《人生》刚一面世就引起文学界和读者层的强烈反应，路遥的创作已显示出大家气象；邹志安的《兰鱼儿》正在编辑手中传阅，已经引起广泛兴趣；陕南一位谁也没听说过名字的作者在北京一家大刊上发表了一部中篇小说《沉默的玄武岩》，出手不凡起点很高，还有一股现代派味儿,等等。作家协会深深的庭院和几进四合院里，无论走进任何一个房子，都是这样的话题，及至国外一位作家的一部什么重要作品刚刚翻译过来，值得一读。这里的房子是20年代建筑的中式平房，已不再现当年置建之初的宏伟和优雅，而日渐败落荒颓，陈腐磨损的桌椅和踩踏上去“吱吱喳喳”响着的木质地板，可感历史的沉压。然而这里弥漫着崇高到几近神圣的文学气氛，终年充溢在各个堆满稿件和墨水的编辑部里，流淌在庭院及至一墙之隔的家属楼院里。这里的人关注着本省青年作家的发展，似乎是一种职业习惯，是一种本能，而又完全是无私的，只有文学这个话题才能达到共同的兴奋点的共鸣。进入这个院庭便进入了文学的圣殿，像佛教或道教信徒进入了寺庙台观，充溢耳孔和鼻孔的全是诵经布道的谐和之音和香表焚烧的幽微之气了。这种气氛是文学发展最相宜的气氛，是任何物质的优劣难以替代的。

王汶石对《信任》的关注，只是这气氛中的一缕，而自50年代以来所营造而成的这种唯文学是尊的气氛，正是王汶石那一代陕西老作家们力行垂范的结果。想来其实也很简单，如果文学团体里不说文学，那说什么呢？ 如果作家协会里没有了文学气氛，那么还有什么呢？ 中篇小说《初夏》在《当代》发表后，王汶石写了一封长信给我，评说这部篇幅较长艺术上并不圆润的小说。 我那时仍住在乡下，以通信的方式回答。 我在祖居的老屋写这封回信的时候，总是想到十九岁时在灞河沙滩上与同学讨论《沙滩上》的情景。

我和田长山合作的报告文学《渭北高原，关于一个人的记忆》在《陕西日报》刊出以后，王汶石又以写信的方式予以论述。 我读着那热情洋溢的文字，脑海里又浮现出在灞河沙滩上研读《沙滩上》的情景。

十九岁时在灞河滩上在星光下所崇拜的文学之“神”，现在既是文学前辈又是兄长般的真诚，对一个后来者的脚步和舞蹈不厌其烦地评点着纠正着，影响很自然地便挣开了艺术的层面，让我一步一步感触和体味那艺术创造者的胸襟、内宇宙和人格精神了。

三

近几年来，我有选择地参加了一些有地域特征的笔会，交识了一些作家。 许多时候和许多的作家交谈起来，读到陕西文坛的时候，他们都谈到王汶石，关心他的身体和写作。 他们都谈到王汶石的短篇小说，几乎通用的一句话都是“那真是写绝了”！ 他们动情地回忆着自己当年阅读《风雪之夜》的艺术快感，连一些人物的细节仍然能生动地复述出来，而这些阅读的记忆少说也有三十年了。 我在这种交谈中便会滋生出一种自豪感，便会加深和这些作家的交流和理解，毕竟我也在家乡的河滩上热烈讨论过《沙滩上》。他们没有机缘接触王汶石，却虔诚地尊敬着祝福着王汶石；他们没有见过王汶石的面，却记着他创造的艺术形象及至津津乐道那些生动的细节；尽管90年代的社会生活和文坛已经与《风雪之夜》创作的年代发生了巨大的变化，他们仍一致赞叹王汶石的创造才华，用他们的话说，整个一本《风雪之夜》真是才华横溢。

一次又一次的这种交谈，也给我以最切近的启示，作家凭什么活着？作家这种特殊职业的本质含义是什么？这样简单的事，往往弄出许多复杂的纷繁的文坛现象和怪事来，无一不是非文学因素搅缠的结果。作家凭作品活着，作家活着的全部意义就在于创造艺术；作家创造的艺术比作家自身的生命更恒久，无论做到了或没有做到都应该持续追求；如果游离或转移了艺术创造的兴趣和心劲，那么作家这个职业就没有任何意思了。

这种启示在我每一次见到王汶石的时候都有所验证，无论是在他的家里，抑或是在医院的病床上。退休在家的王汶石，给我的如一的感觉是沉静，沉静里折射出经历过高境界的艺术创造的气象和风范。而这种时候，看着那张慈和而又有力度的方形脸盘，我又想起头一回见面时造成的狮子的印象。即使在病床上，即使到了生命的垂危境地，我看到和感到的仍然是狮子的雄威和狮子的沉静。

面对这位老人，我总是忍不住叹惋，如果他不是那样的年纪而是与我们同龄，能生活在更为开放的当今中国，凭他对文学的专注和痴情，凭他对现实和历史敏锐的感知和深刻的理解，凭他对艺术的敏感的天性和才华横溢的表达能力，当会创造出怎样瑰丽的诗篇，远远不止一部《风雪之夜》。面对极左的文艺政策以及发展到摧毁一切的“文化大革命”，天才又能如何？ 更多地留下的只是令他的崇拜者长久的叹惋了。

面对这位老人，我常常有一种幸运感甚至满足感，发展到今天的中国文坛的气象，可以让百花都有选择生存和发展的土壤和空间，这是在70年代以前所不曾奢望的事。 在我步入中年时赶上了，虽然稍有点晚，毕竟还是赶上了。 在这样的催生文学绿色的气象里，如果还不能实现自己的创造理想，只能默认自己的无能了。 在这样的文学环境里，我的满足感也促成一种宽容心理，对那些已经发生或继续发生着的非文学性质的事，都可以做到不辩不怨，出于一种最基本的考虑，搁在二十年以前当会如何？！ 况且，文学也和国家一样，继续着改革，也必须继续去完善尚不完善的诸多体制。 处在这个过程之中的我，满以为可以去做自己想做的写作之事了，而不必过多在乎那些作为发展完善过程中的非文学因素。 在乎了势必耗费精力浪费生命，这恰恰是我最浪费不起的东西……我比王汶石们幸运多了。

王汶石经历的病痛折磨，是我所经见的最难忍受的。 我不想叙述他的令人惨不忍睹的病痛的折磨，也不想宣扬他顽强的生命力以及痛苦折磨下的狮子般的沉雄和幽默，这一切总归是令人心酸的事。 而无论作为十九岁时便形成对他崇拜的青年，无论是作为一直受到他关注关爱的一个作者，无论是作为后来在作协管着点事的我，对于他在病卧期间为着医疗费用而受的额外的折磨，业已成为我无法化解的一块良心的死结！

（此文系追忆尊师王汶石）

释疑者

1998 年 4 月末尾，茅盾文学奖在京举行颁奖仪式后几日，我托白烨终于打问到了文学理论家陈涌的家居住址，两人便去拜望。

一个在通常的住宅区罕见的阔大的门。门口有军人站岗。白烨正要出示证件时，一个小女孩从里边出来引领我俩走进大门。她是陈涌家的保姆，陕西安康人，我的小乡党，真是巧了。走到内院中间，小女孩说伯伯自己也来了。矮矮胖胖的一位老人，淡淡地笑着，说他不放心进门时盘查的麻烦。一件深色的半旧的夹克服，乍看像一位闲谈的退休老工人。

这是老式结构的单元房，书房兼用会客，也就是一室住铺的小房子。早已过时的格式老旧的沙发，紫红油漆的木制茶几上全堆着书籍、报纸之类。我们三人便坐下聊天。陈涌说话很平和，他祖籍广东，语言中残留一缕乡音。我突然有一错觉，听他说着文学创作，犹如我许多年前在农村基层工作时听一位老农叙说农桑之事。

1997 年酷暑时节，我在西安听到北京的朋友传话，陈涌认为《白鹿原》不存在“历史倾向性问题”，对我无疑是一股最抒怀的清风。直到10月下旬茅盾文学奖正式开评，陈涌把这个至关重要的观点在会上正式坦陈出来。关于《白鹿原》存在“历史倾向性问题”，几年来我自信属于某种误读或误解，然而也没有超脱到不无困扰；我相信这种误读或误解终究会得到匡正释疑的，只是没有料到会在1997年内发生，况且是由一位年事已高的老人陈涌完成的。我虽然也久已心仪茅盾文学奖，然而这种误读的被释疑被匡正，才是我首先期待的最根本的结果。当时两个结果同时形成时，我对陈涌老人已不单是知遇，而是由衷的钦敬了。

陈涌老人告诉我，因为《白》书的阅读印象，随之对我的小说创作产生了兴趣，便自己到新华书店找我的作品集，买了华夏出版社出版的三卷本《陈忠实小说自选集》里的短篇卷和中篇卷两本，约一百万字，而且读完了，写了一篇论述我的小说创作的两万余字的长篇评论，已交《文学评论》杂志。

我当即说，你应该给我打电话，我让华夏出版社陈泽顺给你送一套书来，怎能让你上街买书。陈涌笑着摆摆手，怎能给你们添麻烦！我和白烨相视而默然不语。

我在文学圈内感觉到的印象，陈涌是一位马克思主义文艺理论家。在各种文艺理论汇聚的当今文坛，人们不一定全都赞同陈涌的某个观点，然而几乎众口一词说陈涌做人很正派。这就够了，足够包括我在内的人的钦敬了。

何谓益友

一

我终于拿定主意要给何启治写信了。

那时的电话没有现在这样便当，通信的习惯性手段依赖书信。我之所以把给何启治写信的事作为文章的开头，确是因为这封信在我所有的信件往来中太富于记忆的分量了，一封期待了四年而终于可以落笔书写的信，我将第一次正式向他报告长篇小说《白鹿原》写成的消息。

这部书稿是农历 1991 年腊月二十五写完最后一句话的。我只告诉给我的夫人和孩子，同时嘱咐她们暂且守口，不宜张扬。我不想公开这个消息不是出于神秘感，仅仅只是一时还不能确定该不该把这部书稿拿出来投出去。这部小说的正式稿接近完成的 1991 年的冬天，我对社会关于文学的要求和对文学作品的探索中所触及的某些方面的承受力没有肯定的把握。如果不是作品的艺术缺陷而是触及的某些方面不能承受，我便决定把它封存起来，待社会对文学的承受力增强到可以接受这个作品时，再投出书稿也不迟；我甚至把这个时间设想得较长，在我之后由孩子去做这件事；如果仅仅只是因为艺术能力所造成的缺陷而不能出版，我毫不犹豫地对夫人说，我就去养鸡。道理很简单，都五十岁了，长篇小说写出来还不够出版资格，我宁愿舍弃专业作家这个名分而只作为一种业余文学爱好。无论会是哪一种结局，都不会影响我继续写完这部作品的情绪和进程，作为一件历时四年写作的长篇，必须画上最后一个标点符号才算了结，心情依旧是沉静如初的。

1992 年年初，我在清晨的广播新闻中听到了邓小平南行的讲话摘录。思想要再解放一点，胆子要再大一点，等等。我在怦然心动的同时，就决定这个长篇小说稿子一旦完成，便立即投出去，一天也没有必要延误和搁置。道理太简单了，社会对于具体到一部小说的承受力必然会随着两个“一点”迅速强大起来。关键只是自己这部小说的艺术能力的问题了，这是需要检验的，首先是编辑。我便想到何启治，自然想到他供职的人民文学出版社。人民文学出版社是文艺类书籍出版系统的高门楼，想着这一层还真有点心怯，“店大欺客”与否且不说，无论如何还是充不起要进大店的雄壮之气来。然而想到一直关注着这部书稿的老朋友何启治，让他先看看，听他的第一印象和意见，那是令人最放心的事。

春节过后，我便坐下来复阅刚刚写完的《白》书书稿，做最后的文字审定，这个过程比写作过程轻松得多了。大约到公历 2 月末，我决定给何启治写信，报告长篇完成的消息，征求由我送稿或由他派人来取稿的意见。如果能派人来，时间安排到 3 月下旬。按照我的复阅进度，3 月下旬的时限是宽绰富余的。

信中唯一可能会使老何感到意外的提示性请求，是希望他能派文学观念比较新的编辑来取稿看稿，这是我对自己在这部小说中的全部投入的一种护佑心理，生怕某个依旧“左”的教条的嘴巴一口给唾死了。

信发走之后，我才确切意识到《白鹿原》这书稿要进人民文学出版社这幢高门楼了。

二

几乎在爱好文学并盲目阅读文学作品的同时，就知道了北京有一家专门出版文艺书籍的出版社叫人民文学出版社，这是从我阅读过的中外文学书籍的书脊上和扉页上反复加深印象的，高门楼的感觉就是从少年时代形成的。随着人生阅历和文学生活的丰富，这种感觉愈来愈深刻，对于一个业余作者来说，这个高门楼无异于文学天宇的圣殿，几乎连在那里出书的梦都不敢做。就在这种没有奢望反而平静切实的心境下，某一日，何启治走到我的面前来了，标着人民文学出版社的牌子。

这件事的记忆是深刻的，因为太出乎意外而显得强烈。1973 年隆冬季节，西安奇冷。我到西安郊区区委去开会，什么内容已经毫无记忆了。会议结束散场时，一位陌生人拦住了我，操着不大标准的普通话（以电台播音员为标准），声音浑厚，在他自我介绍之前，我已知道这是一位外来客了。在我周围工作和相交的上司、同辈和工作对象之中，主要是关中东部口音口语，其次是永远都令人怀疑患了伤风感冒而鼻塞不通说话鼻音很重的陕北人，那些从天南海北到西安来工作的外乡人久而久之也入乡随俗出一种怪腔怪调的关中话来，我已耳熟能详。这个找我的人一开口，我就嗅出了外来人的气味，他说他叫何启治，从北京来，从北京的人民文学出版社来，找我谈事。我便依我的习惯叫他老何。以后的二十多年里，我一直叫他老何，没有改口。

我和老何的谈话地点，就在郊区区委所在地小寨的街角。他代表刚刚恢复出版工作的人民文学出版社来西安组稿，从同样是刚刚恢复工作的陕西作家协会（此时称陕西省文艺创作研究室，以示与旧文艺体制的区别）创办的《陕西文艺》（即原《延河》）编辑部得到推荐才来找我的。他已读过我在《陕西文艺》发表的一篇短篇小说《接班以后》，认为这个短篇具备了一个长篇小说的架势或者说基础，可以写成一部二十万字左右的长篇小说。我站在小寨的街道旁，完全是一种茫然，且不用吓了一跳这样的夸张性习惯用语。我在刚刚复刊的原《延河》今《陕西文艺》双月刊第三期上发表的两万字的短篇小说《接班以后》，是我平生发表的第一篇小说，也是我自初中二年级起迷恋文学以来的第一次重要跨越（且不在这里反省这篇小说的时代性图解概念），鼓舞着的同时，也惶惶着是否还能写出并发表第二、第三篇，根本没有动过长篇小说写作的念头，这不是伪饰的自谦而是个性的制约。我便给老何解释这几乎是老虎吃天的事。老何却耐心地给我鼓励，说这篇小说已具备扩展为长篇的基础，依我在农村长期工作的生活积累而言完全可以做成。最后不惜抬出他正在辅导的两位在延安插队的知青已写成一部长篇小说的先例给我佐证。我首先很感动，不单是老何说话的内容，还有他的口吻和神色，在我感到真诚的同时也感到了基本的信赖，即使写不成长篇小说，做一个文学朋友也挺好，应该是我文学生涯以来认识的第一个北京人。二十多年过去，我们已经相聚相见过许多回，世界已经翻天覆地，文学也已地覆天翻，每一次见面，或北京或西安或此外的城市，都继续着在小寨街头的那种坦诚和真挚，延续着也加深着那份信赖。

我违心地答应“可以考虑一下”，然后就分手回我工作的西安东郊的乡村去了。老何回到北京不久就来了信，信写得很长，仍然是鼓励长篇小说写作的内容，把在小寨街头的谈话以更富于条理化的文字表述出来，从立意、构架和生活素材等方面对我的思路进行开启。我几乎再也搜寻不出推辞的理由，然而却丝毫也动不了要写长篇小说的心思。我把长篇小说的写作看得太艰难了，肯定是我长期阅读长篇小说所造成的心理感受。我常常在阅读那些优秀的长篇小说时一回又一回地感叹，这个作家长着一颗怎么样的脑袋，怎么会写出让人意料不到的故事和几乎可以触摸的人物！好在这时候上级突然通知我去南泥湾“五七”干校劳动锻炼改造，我便以此为由而推卸了这个不可胜任的压力。我去陕北的南泥湾干校之后，老何来信说他也被抽调到西藏去工作，时限为三年，然而仍然继续着动员鼓励我写长篇小说的工作。随着他在西藏新的工作的投入，来信中关于西藏的生活和工作占据了主要内容，长篇小说写作的话题也还在说，却仅仅只是提及一下而已。这是 1974 年的春天和夏天，“批林批孔”运动又卷起新的阶级斗争的旋涡……这次长篇小说写作的事就这样化解了。我因此而结识了一位朋友老何。

三

老何再一次到西安来组稿，大约是刚刚交上 80 年代的夏天，我从文化馆所在的灞桥古镇赶到西安，在西安饭庄——“双十二事变”中招待过周恩来的百年老店——招待老何吃一顿饭。那时候尚不兴公款请客吃饭。我刚刚开始收入稿费（千字十元），大有陈奂生进城的那份高涨的心情，况且是从小寨街头一别七八年之后的第一次共餐。我要了西安饭庄的看家菜葫芦鸡，老何直说好吃。多年以来的几次相见相聚中，老何总会突然歪过头问我：“那年你在西安请我吃的那个鸡真不错，叫什么鸡？”

他是为创刊不久的《当代》来组稿的。我仍然畏怯这个高门楼里跃出的为文坛瞩目的《当代》，不敢轻易投寄稿件。直到我从短篇小说转入中篇小说的第一部《初夏》写成，才斗胆寄给老何。这个中篇小说是我的写作生涯中最艰难的一部，历经三年多时间，修改重写四次，才得以在1984年的《当代》刊出。我曾在一篇短文中回味过这个至为重要的过程：“在这个过程中，令人感佩的是《当代》的编辑，尤其是老朋友何启治所显示出来的巨大耐心和令人难以叙说的热诚。他和他们的工作的意义不单是为《当代》组织了一部稿子，而是促使一个作者完成了习作过程中的一次跨越，得到了属于自己的一次至为重要的艺术体验，拯救了一个苦苦探索的业余作者的艺术生命。”我说以上这些话是真诚的，更是真实的。《初夏》历经三年时间的四次修改和重写，始得以发表，不仅是鼓舞，最基本的收益是锻炼了我驾驭较大规模、较多人物和多重线索的能力，完成了从较为单纯的短篇小说的结构到中篇小说结构形式的过渡。此后我连续写作的几部或大或小的中篇小说，不论得失如何，仅就各自结构的驾驭而言，感到自如得多了，写作过程也顺利得多了。

正是从自身写作的这个意义上，我是十分钦敬老何这位良师益友的。

《初夏》之后，我正热衷于中篇小说各种结构形式的探索，老何在一次见面中问我，有长篇写作的考虑没有。我很直率地回答，没有。这是实话实说。由他的突然发问，我立即想起十多年前第一次见面在小寨街头的那一幕，心里竟是一种负压感，天哪！他还没有忘记长篇小说的事。他却轻松地说，你什么时候打算写长篇的话，记住给我就是了。

再后来的一次会面，他又问到长篇小说写作的事。我觉得对他若要保密，是一种有违良知的事，尽管按着我的性情是很难为的事情。我便告诉他，有想法，仅仅只是个想法，正在想着准备着，离实际操作尚远。我那时候确实正在做着《白鹿原》的先期准备，查阅县志、党史、文史资料，在西安郊县做社会调查，研读有关关中历史的书籍，同时酝酿构思着《白鹿原》。我随即叮嘱他两点：不要告诉别人，不要催问。我知道我的这部长篇小说不会在“短促突击”中完成，初步计划实际写作时间为三年。我希望在这三年里沉心静气地做这件大活，而不要在人们的议论，哪怕是好朋友的关心中写作，更不要说编辑的催逼了。过多的谈论过分关心的问询以及进度的催问，都会给我心理造成紊乱造成压力，影响写作的心境。按着我的性情，畏怯张扬，如同农家妇女蒸馍馍，未熟透之前是切忌揭开锅盖的。

然而还是有压力产生。我已经透露给老何了，况且是在构思阶段，便觉得很不踏实，如果最终写不成呢，如果最终下了一个“软蛋”又怎样面对期待已久的老朋友呢！甚至产生过这样的疑问：按照我当时的写作的状况，中短篇小说虽已出版过几本书，然而没有一篇作品产生过轰动性效应，我清醒地知道自己的分量和位置，而老何为什么要盯着我的尚在构思中的长篇小说呢？ 如他这样资深的职业编辑，难道不知面对名家之外的作者所难以避免的约稿易而退稿尴尬的情景吗？ 因为我在构思中的《白鹿原》没有向他提及任何一句具体的东西，我自己尚在极大的不自信无把握之中。 直到今天，我仍然不得其解，老何约稿的依据是什么？

后来的几年里，证明着老何守约如禁。 每有一位人民文学出版社的编辑到西安组稿，都要带来老何的问候，进门握手时先申明，老何让我来看看你，只是问个好，没有催的意思，老何再三叮嘱我不要催促陈忠实。 我常常握着他们的手说不出一句话。 直到 1991 年的初春时节，老何领一班人马到西安来，以分片的形式庆祝人民文学出版社建社四十周年，在西安与新老作家朋友聚会。 这个时候，《白鹿原》书稿已经完成三分之二，计划年底写完。 见面时老何仍然恪守约律，淡淡地说，我没有催的意思，你按你的计划写，写完给我打个招呼就行了，我让人来取稿。 我也仍然紧关口舌，没有道及年底可以完稿的计划，只应诺着写完就报告。

这一年的夏天，先后有两家大出版社向我邀约长篇小说稿，一位是在艰难的情况下给我出过中篇小说集子《初夏》的上海文艺出版社的老张，我忍着心向她坦诚地解释老何有话在先，无论作品成色如何，我得守信。 另一位是作家出版社的老朱，她到西安来组稿，听人说我正在写一部长篇，我同样以与老何有约在先须守友道为由辞谢了。 我坚守着与老何的约定，发端自十七八年前小寨街头的初识，那次使我着实吓住了的长篇小说写作的提议，现在才得以实施，时间虽然长了点，却切合我的实际。

直到 1991 年末写完全部书稿，直到春节过后的 1992 年早春的某天晚上，可以确定《白鹿原》手稿复阅修饰完成的时间以后，我终于决定给老何写信报告《白鹿原》完全脱稿的消息了，忐忑不安地要奔文学书籍出版界的高门楼了。

四

老何很快复过信来，他将安排两位同志于 3 月 25 日左右到西安。果然，3 月 24 日下午，作协机关办公室把电话打到我所在地区的灞陵乡政府，由一位顺道回家的干部传话给我，让我于 25 日早 8 时许到火车站接北京来客。

给我捎信传话的乡上干部刚出门，村子里的保健医生搀着我母亲走进门来，说我母亲的血压已经高过二百以上，必须躺下。母亲躺下后就站不起来了，半边身子麻木僵硬了，就发生在我注视着的眼皮底下。医生很快为她挂上了用以降血压的输液瓶儿。我的头都木了，北京来客此时可能刚刚乘着火车开出京城。真是凑巧了，傍晚时分还有夕阳霞光，天黑以后却骤然一场大雪。我几乎一夜未曾合眼，守护着母亲，看着院子里的雪逐渐加厚到足可盈尺。离天明大约还有一个小时，我请来一位村人照看母亲，就踏着积雪上路了。大雪真好，从我家大门口起始，走过两个村庄和村庄之间的原野，我给处女的雪原和村巷踩出第一溜脚印。我赶上了第一班远郊公共汽车，进入作协大院时尚未到上班的钟点。我要了一辆公车赶到西安火车站，等候许久，高门楼里来的尊贵的高贤均、洪清波终于走出车站来，时间大约 8 时。

高贤均和悦随意，一见面就不存在陌生和隔膜，笑起来很迷人的。洪清波更年轻，却戴着一副厚厚的眼镜，不大说话，笑起来有一缕拘谨的羞涩，显得更加迷人。我当时想，从高门楼里出来的人怎么到了地方省份还会有拘谨的羞怯？我把他们安排到招待所，由他们自己去找饭吃找风景玩，就匆匆赶回乡下去了，只说还有两章没有“通”完，没有告诉他们还有突然躺倒吊着药瓶的母亲。我当时家分两地，夫人和孩子住在城里，我住在乡下老屋写我的书稿，母亲是过春节时从城里回到乡下，尚未回城却病倒了。这样，我一边守护着母亲监视着吊在空中的药液的降速，一边在隔壁书房审阅最后两三章手稿的文字，想到高、洪两位朋友正住在西安等着拿稿子，我第一次感到了心理紧促和压迫，这是《白》书从起头到完成四年以来从未有过的催逼感。

过了两天，我一早赶到西安，包里装着这部书稿。在远郊公共汽车上，我一直抱着这摞书稿，一种紧张中的平静和平静里的紧张。我一路上都在斟酌着把这摞书稿交给高、洪时该怎么说话才合适，既希望他们能认真审读，又不想给他们造成压力，所以以不提任何写作的构想和写作的艰难为好。这样，在作家协会招待所的客房里，我只是把书稿从兜里取出来交给他们，竟然连一句话也说不出来，那时突然涌到嘴边一句话，我连生命都交给你们了，最后关头还是压到喉咙以下而没有说出，却憋得几乎涌出泪来。其实基于一种自己对文学的理解，只需让编辑去看书稿而无须阐释。下午，我又匆匆赶回乡下老家照看母亲，连请高、洪两位新结识的朋友品尝一下葫芦鸡的机缘也没有，至今尚以为憾事。

我由此时开始进入一种完全的闲适状态。我不读任何小说，有了平生里从未发生过的、拒绝以至逆反阅读现代文学书籍的奇怪的心理状态。却突然想读古典诗词，我把塞在书架里多年未动过的《词综》抽出来，品赏那些古色古香的墨痕之中的韵味而惊叹不已。按常规我把《白》书书稿的审阅过程设想得较长，初审、复审和终审，一部近五十万字的书稿走完这个轮番审阅的过程，少说也得两月以上，因为编辑们不可能只看这一部书稿，他们要开会要接待四面八方的来访者还要处理家务事。在他们统一结论之前，估计很难给我一个具体的说法。所以，我就在少有的闲静中等待，品赏一个个诗词大家的妙句。出乎意料的是，在高、洪拿着书稿离开西安之后的第二十天，我接到了高贤均的来信。我匆匆读完信后“嗷嗷”叫了三声就跌倒在沙发上，把在他面前交稿时没有流出的眼泪倾泻出来了。

这是一封足以使我癫狂的信。信中说了他和洪清波从西安到成都再回北京的旅程中相继读完了书稿，回到北京的当天就给我写信。他俩阅读的兴奋使我感到了期待的效果，他俩共同的评价使我战栗。我由此而又一次检验了自己的个性，很快便沉静下来，进入一种前所未有的舒缓静谧之中。我也才发现此前二十多天的闲适之表象下隐藏着等待判决的紧张和恐惧，只是明知那个结果尚遥远而已。这个超出预料的判决词式的信件的提前到来，就把深层心理的恐惧和紧张彻底化释了。我的全部用心都被高、洪理解了，六年以来的所有努力都是合理的，还有什么事情能使人感到创作这种劳动之后的幸福呢！随后对唐诗宋词的品赏才真正进入一种轻松自悦的心理状态。

老何随后来信了，可以想象的兴奋和喜悦，为此他等待了几近二十年，从 1973 年冬天小寨街头的鼓励鼓动到 1992 年春天他在北京给我写《白》书的审阅意见，对于他来说是太长了点，对于我来说，起码没有使这位益友失望，我们的友谊便不言而喻。随后便是如何处理书稿的种种琐细的事，我都由他去处理，我完全信赖高门楼里的这一帮编辑了。

五

《白鹿原》先在《当代》分两期连载，之后由人民文学出版社出书，中央人民广播电台和西安人民广播电台差不多同时连播，在读者和文学界迅即引起反响，这在我几乎是猝不及防的。书稿写完时，我当然也有一种自我估计，如若能够面世，肯定不会是悄无声息的，会有反应的。然而反应如此之迅速如此之强烈，我是始料不及的；尤其是社会各个阶层，非文学圈子的读者的强烈反响，让我第一次如此深刻地感受到读者才是文学作品存活的土壤。

1993 年 8 月，《白》书在京召开的研讨会，也是我平生所经历的最感动的一次会议。会后某天晚上，老何和高贤均找到我住的宾馆，主动与我商议修改原先的出书合同的事。按原先的出书合同，千字三十元，是 90 年代初人民文学出版社执行的最高稿酬标准了。按这个标准算下来，近五十万字的书稿可得稿酬约一万五千元，这是从签订合同时便一目了然的计算，我也很兴奋一次可以拿到万元以上的大宗稿酬而进入万元户的行列了。现在，何与高给我在算另一笔账，如若用版税计酬，我将可以多得三四千元。《白》按计划经济的征订数目近一万五千册，这在 1993 年的新华书店发行征订中已是令人鼓舞的大数了。按百分之十的版税和近十三元的书价算下来，比原合同的稿酬可以多得三千多元吧。他们已经对比核算过了，考虑到我花六年时间写这一本书，能多得就争取多得一点吧。我尚未用版税方式拿过稿酬，问了半天才算明白了其中的好处，自然是乐意的。然而更令我感动的是他们替我所做的谋算，以至于如此细心。作为一本书的作者，面对这样体贴入微的编辑，说什么感谢之类的话都显得多余而俗套。

在《白》行世之后的几年里，有一些认真的或不甚认真的批评文字，无论我无论老何、老高或人文社的其他编辑，尚都能持一种平和的心态，这是文坛上再正常不过的事。然而有一种批评却涉及作品的存活，即“历史倾向性”问题，我从听到时就把这种意见看成是误读。在被误读误解的几年里，涉及《白鹿原》的评论和几种评奖，都发生过一些不大不小的麻烦。在这些过程中，老何、老高们坚守着自己对《白鹿原》的观点，当我事后了解某些情况时，真是感慨而又感佩，甚至因为《白鹿原》给他们添麻烦而负疚，反倒劝慰他们。他们均表示，此种事已经不属和我的友谊或照顾关系的庸俗做法，而是涉及关于文学本身的重大话题。

大约是 1997 年酷暑时月，某天晚上老何打来电话，告诉我一个消息，说陈涌对某位理论家坦言，《白鹿原》不存在“历史倾向性”问题，这个看法已经在文学圈子里流传开来。我听了有一种清风透胸的爽适之感，关于“历史倾向性”问题的释疑解误，最终还是有陈涌这样德高望重的文学理论家坦率直言。老何便由此预测，茅盾文学奖的评奖可能因此而有了希望可寄。约在此前半年，我和他在京见面时，老何还在为我做宽慰性的工作。说茅盾文学奖评奖的可能性不大，对《白鹿原》而言评不评此奖意义不大，有读者和文学界的认可就足够了。我也基本是这样的心态，评奖是一码事，而“历史倾向性”问题是另一码事。我和他在评奖这件事上仍然保持着一种平常心理。现在，陈涌的话对《白鹿原》评茅盾奖可能出现的转机仅只是一种猜估，对我来说解除“历史倾向性”问题的疑虑和误读才是最切实际的。我也忍不住激动起来，评奖与否且不管，有陈涌这句话就行了。有人说过程不必计较，关键是看结果。在《白鹿原》终于评上茅盾文学奖这个结果出来以后，我恰恰感动的是那个过程。尤其在误读持续的几年时间里，人民文学出版社的老何老高小洪等一群坚守着文学意义的编辑，才构成了那个使我难以磨灭的动人的过程。至此，这个高门楼在我的感觉里融入了亲切温暖的感觉。

高门楼的人民文学出版社，凭着一帮如老何老高小洪这样的文学圣徒撑着，才撑起一个国家的文学出版大业的门面，看似对一个如我的作者的一部长篇小说的过程，透见的却是一种文学圣徒的精神。作为一个自以为文学神圣的作者，我结识老何老高小洪们，是自以为荣幸也以为骄傲的。

（此文系忆我的责任编辑何启治）

三九的雨

这是我村与邻村之间一片不大的空旷的台地。只有一畛地宽的平台南头开始起坡，就是白鹿原北坡根的基础了。平台往北下一道浅浅的坡塄，就是灞河河滩了。我脚下踏着的平台上的这条沙石大路，穿过一个个大大小小的村庄，通往西安。

天明时雨止歇了。天阴沉着，云并不浓厚，淡灰的颜色，估计一时半刻挤拧不出雨水来。空气很清新，湿润润的，山坡上的麦子绿莹莹的，河川里的麦子也是莹莹的绿色。原坡上沟坎里枯干的荒草被雨浇成了褐黑色，却有一种湿润的柔软。河川北岸是骊山的南麓，清晰可辨一株树一道坡一条沟，直至山岭重叠的极处。四野宁静到令人耳朵自生出纤细的音响来。

前日落了雨。小雨。通常是开春三月才有的那种“随风潜入夜，润物细无声”的春雨。腊月初二（2002 年 1 月 14 日）下起，断断续续稀稀拉拉下到今天天明，让整个村子里的男女惊诧不已，该当滴水成冰冻破砖头的“三九”时月，居然是小雨缠绵。太过反常的天气给农人心里一种不祥的妖孽征候。这是我半生里仅见的一次“三九”的雨，以及不仅不冻反而松软如酥的土地。

我脚下这条颇为宽绰的沙石大路是 1977 年冬天动工拓宽的。与这条大路同时开工的是灞河河堤水利工程，由我任副总指挥具体实施的。那时，我完成这项家乡的水利工程的心态，与我后来写作长篇小说《白鹿原》时的心境基本类同，就是尽力做成一件事。

我第一次背着馍口袋从这条路走出村子走进西安的中学时，这条路大约也就一步宽，架子车是无法通行的。我背着一周的干粮走出村子时的心情是雀跃而又高涨的，然而也是完全模糊的。我只是想念书，想上城里的中学去念书，念书干什么等抱负之类的事，完全没有。我再三追寻记忆，充其量只会有当个工人之类的宏愿，而且这主要是父母供儿女上学的原始动机。在乡村人的眼睛里，挣工资吃商品粮的工人是世界上最幸福的人。我在初中二年级却喜欢文学了，这不仅大大出乎父母的意料，连我自己也感到奇怪。通常情况下，爱好文学是被视为浪漫而又富于诗意的事情，怎么会发生在一个穿粗布衣服吃开水泡馍的人身上呢？许多年后我把自己的这种现象归结为一根对文字敏感的神经——文学的兴趣由此而发端。书香门第以及会讲故事会唱歌谣的奶奶们的熏陶，只能对具备文字敏感的神经的儿孙起反应起作用，反之讲了也是白讲唱了也是白唱。

背着馍口袋出村夹着空口袋回村，在这条小路上走了十二年，我完成了高中学业。我记忆中最深的是十六岁那年遇到过狼。天微明时，我已走出村子五华里的一条深沟的顶头，做伴壮胆的父亲突然叫了一声“狼！”。就在身旁不过二十步远的齐摆着谷穗的地边上，有一只狼。稍远一点，还有一只。我没有感觉到丝毫的害怕，尽管是我第一次看见这种吓人的动物；不是我胆大，而是身旁跟着父亲。我第一次感受父亲的力量和父亲的含义，就是面对两只成年狼的时候，竟然没有产生恐惧。我成了一个父亲的时候，又在这条几经拓宽的乡村公路上接送我的三个念书的孩子。我比父亲优裕的是有了一辆自行车，孩子后来也有了，比当年父亲步行送我要快捷多了。我和孩子再也没有遭遇狼的惊险故事。狼已经成为大家怀念的珍稀宝贝了。

我的一生其实都粘连在这条已经宽敞起来的沙石路上。我在专业创作之前的二十年基层农村工作里，没有离开这条路；我在取得专业创作条件之后的第一个决断，索性重新回到这条路起头的村子——我的老家。我窝在这里的本能的心理需求，就是想认真实现自己少年时代就发生的作家之梦。从1982年冬天得到专业写作的最佳生存状态到1992年春天写完《白》书，我在祖居的原下的老屋里写作和读书，整整十年。这应该是我最沉静最自在的十年。

我现在又回到原下祖居的老屋了。老屋是一种心理蕴藏。新房子是在老房子原来的基础上盖成的，也是一种心理因素吧。这个祖居的屋院只有我一个人住着。父亲和他的两个堂弟共居一院的时代早已终结了。父亲一辈的男人先后都已离开这个村子，在村庄后面白鹿原北坡的坡地上安息有年了。我住在这个过去三家共有的屋院里，可以想见其宽敞和清爽了。我在读着欧美那些作家的书页里，偶尔竟会显现出爷爷或父亲或叔父的脸孔来，且不止一次。夜深人静我坐在小院里看着月亮从东原移向西原的无边无际的静谧里，耳畔会传来一声两声沉重而又舒坦的呻吟。那是只有像牛马拽犁拉车一样劳作之后歇息下来的人才会发出的生命的呻唤。我在小小年纪的时候就接受着这种生命乐曲的反复熏陶，有父亲的，还有叔父的，有一位是祖父的。他们早已在原坡上化作泥土。他们在深夜熟睡时的呻吟萦绕在这个屋院里，依然在熏陶着我。

这是一个不可思议的冬天。我站在我村和邻村之间的旷野里。

从我第一次走出这个村子到城里念书的时候起，父亲和母亲每每送我出家门时的眼神，都给我一个永远不变的警示：怎么出去还怎么回来，不要把龌龊带回村子带回屋院。在我变换种种社会角色的几十年里，每逢周日回家，父亲迎接我的眼睛里仍然是那种神色，根本不在乎我干成了什么事干错了什么事，升了或降了，根本不在乎我比他实际上丰富得多的社会阅历和完全超出他的文化水平。那是作为一个父亲的独具禀赋的眼神，这个古老屋院的主宰者的不可侵扰的眼神，依然朝我警示着，别把龌龊带回这个屋院来。

北京丰台。我从大礼堂走出来。《西安晚报》记者王亚田第一个打来电话。选举刚刚结束。他问我当选中国作家协会副主席后首先想的是什么。我脱口而出：作为一个作家，应该始终把智慧投入写作。

他又问：还有什么呢？

我再答：自然还有责任和义务。

我站在我村与邻村之间空旷的台地上，看“三九”的雨淋湿了的原坡和河川，绿莹莹的麦苗和褐黑色的柔软的荒草，从我身旁匆匆驶过的农用拖拉机和放学回家的娃娃。粘连在这条路上倚靠着原坡的我，获得的是沉静，自然不会在意“三九”的雨有什么祥与不祥的猜疑了。

遇合燕子，还有麻雀

燕子来了。

刚一打开门，燕子就飞过来，“唧唧唧唧”吵叫着，在过庭的四周旋飞，自然是寻找可以筑巢的地方。有时候多到十余只，在前屋后屋的过庭和屋檐下旋转。整个屋院里，呈现熙熙攘攘热热闹闹的气氛。无论在南方或在北方，燕子都被平民视为吉祥的美和善的形象，也是春天的象征。尽管寒风依旧刺脸，尽管冰雪封冻枯草遍地，心里却已洋溢着春天的气息了。燕子都来了啊！

拒绝燕子，我便闭了前门，也关了后门，不许燕子到屋内筑巢。我十分喜欢这种洋溢着吉祥洋溢着善良的鸟儿，却又不得不硬着心肠拒绝它们进屋，确是无奈的事。

20 世纪 80 年代某一年，小燕子在我刚刚建成的前屋里寻觅栖息之地，最后选定了装着电灯开关的那个圆形木盒子，据此便衔泥筑窝。我和妻子和孩子都怀着一份欣喜，在新屋里添一对喜气洋洋的燕子，于心理上似乎平添了一份令人舒悦的吉祥气氛，都十分珍爱十分欢迎这一对客鸟。很短几天，小燕的窝巢极快地长高着，令我惊讶，曾戏谑简直是深圳速度啊！ 那时候，深圳建筑业挣脱了中国建筑行当习以为常的慢腾腾，以几天建一层楼房的高速度震惊了中国，被誉为深圳速度，也成为中国经济改革的一个形象化的代名词。 我同时也发现了不妙：燕子用泥筑成大半的窝上，夹杂着一枝枝细长的草枝草叶，悬吊在空中，看上去乱糟糟脏兮兮的。 印象中燕子是用纯粹的河泥造窝的，怎么会夹杂这么多草枝？ 问及村人，老者说，燕子有两种，一为瑚燕，用纯粹的河泥筑窝；一为草燕，用杂合着草枝草叶的河泥造窝。 我才大开眼界，知道燕子中也有精致和粗糙的类别。

在我新屋里筑巢的这一对燕子，无疑是属于粗糙类的草燕一种了。 但终归是燕子，粗糙就粗糙一点吧，我自己其实也不属于精致雅细之人，粗糙的人和粗糙的燕子正好合拍，正好可以为邻为伍，谁也不必嫌烦谁。 到得这一对燕子夫妇开始轮换卧巢孵卵的时候，我又发现了不妙。 墙上开始出现黑一道黄一道的排泄物。 留心观察发现，卧巢孵蛋的燕子后急了，便把屁股撅出窝口，完了事又钻进窝去继续孵蛋，墙上就流下来一道儿秽物。 我就觉得不能容忍，粗糙也不能粗糙到这种程度嘛！ 然而还是容忍了，主要是因为那窝里正在孵化的两枚蛋，说不定小燕就要破壳而出了呢。 家人已多怨言，说没见过这样又懒又脏的燕子。 怨归怨，嫌归嫌，只盼小燕尽早出窝离巢。

及至雏燕出壳，及至嫩雏逐渐长大羽丰，食量与日俱增，排泄量也同步增加，整个那一片墙壁，已经被燕粪涂抹得不堪入目，地上也落着脏物。 每有客人来，迎面看见这幅景象，总是说把窝捣了，太不像样子了。 我忍耐着那份惨不忍睹，承受着那份脏，直到发现雏燕已经出窝试飞，终于下了逐客令……因为实在无法辨别瑚燕和草燕，便闭了门，一律拒绝燕子进屋，有点因噎废食的简单。

拒绝燕子，另有一个更硬的原因。我一个人住在这个祖居老屋里，常有出门的时候，短则一日，长则十天半月，走了就得锁门，燕子苦心巴力筑巢育雏，都会前功尽弃，甚或虐杀幼雏。即使精致的瑚燕，也无法容留。然而心里确实期盼能有一对瑚燕为邻为友，每天“唧唧啾啾”呢喃着，添一分生气和祥和。

真是令人喜出望外的事。早春时节去南方十天，回到原下老家时，我的第一发现，就是有燕子择定了居地。在前屋的后檐下，在那个粗大的挑梁和后墙构成的三角地带，有一个正在建筑着的燕窝。我一眼就看出来，那窝纯粹是用细腻的河泥垒堆的，一根一丝杂草也不见，据此可以断定属于精致的瑚燕了。它选择的地方也太好不过，无论我在家或出外，都不妨碍它筑窝和将来育雏。

又是深圳速度。两只燕子轮番衔着泥回来，把泥团搭在茬口上，歪着小脑袋左按一下，右按一下，然后就飞走了。我很奇怪，一团一团的河泥里掺着细沙，本是很松散的，比普通黄泥的黏合力差得远了，怎么会黏结得牢靠？似乎村人说过，燕子嘴里自含胶。是说燕子的口腔里分泌一种可以使泥团增强黏结力的液体。无法验证，不得而知，反正那窝与日俱增着，速度极快。我在暗自庆幸遇合了这一对精致的瑚燕的愉快心境里，看着专心致志忙忙碌碌筑巢的燕子，常常浮出幼年的一幅难忘的情景来。

大约是我刚刚入学启蒙，还没有认下几个字的时候。某天放早学回家，看见父亲在后屋明间的脚地上锯一块小小的薄板，比我的课本大不出多少。我便问，锯这板干什么。父亲说给燕子架一个垒窝的台板。他说有一对燕子在屋梁上飞来飞去，有两三天了，估计找不到可以落泥垒窝的台板。叔父在一边不经意地说，等你给燕儿把台板架好了，它又不来了。父亲自顾自做着，在刨光的木板的一面，用毛笔写下四个大字，并问我，你都算是学生了，认不认得这几个字。我丝毫也不觉得难堪，因为父亲其实也明白我不可能认识这四个笔画很繁杂的汉字。他有点洋洋得意地念道：喜燕来朝。他继续以洋洋得意的口吻给我讲说，燕子是吉祥鸟，也是喜鸟善鸟，在谁家垒窝是喜事。我便问“朝”是什么意思。父亲嗯了一声，朝嘛也不敢说朝拜，咱是穷家百姓……叔父已经走开了。他几乎是个文盲，大约不屑看取父亲咬文嚼字的做派。然而父亲随之端来木梯，先在檩木上砸进两枚生铁方钉，再把木板架上去，又用细绳捆扎牢靠。我在梯子旁边瞅着“喜燕来朝”那四个悬在空中的毛笔字，积着灰尘结着隔年蛛网的老房旧梁，似乎顿然有了可期待的灵气了。母亲在催过我和父亲吃饭之后，随口说出几句关于燕子的歌谣：不吃你家米，不脏你家地，只借你家高房垒窝育儿女，也给你家添份喜……

我对燕子最初的认知和记忆，就是这天早晨留下的。父亲精心搭置的木板平台，真的招来了一对燕子。后来怎么垒窝、孵卵、育雏，年代久远，已不甚了了，只是清楚地记得，那对燕子不仅自己不在窝口拉屎，连它们孵出的雏燕的排泄物，也都转移到屋院以外的野地里去了。父亲说，燕子叼着虫回到窝喂小燕，出窝时就把小燕拉的屎叼走了，燕子这鸟比有些人还通灵性。这是事实，在写着“喜燕来朝”的木板上筑成的燕窝下面的脚地上，从来也没见过一次秽物，直到雏燕出窝。几十年后我才知晓，燕子中还有既脏地又脏墙令人生厌的草燕一类。据村人说，现在的燕子比过去多多了，村里好多人家都有燕子垒窝，十之八九都是粗糙的草燕，弄得屋里脏兮兮的，又不忍心赶出门去。瑚燕已经少得不成比例，越显得珍贵，也越难遇合了。我多庆幸啊！

看着最后一团湿泥干涸，再不见有新的湿漉漉的河泥垒加，我就明白燕子的这个建筑物大功告成了。这是怎样奇妙的一幢鸟类的伟大建筑啊：贴着墙的一面逐渐悬吊下去，形成一个小小的兜儿，然后又缓缓地朝前往上垒上去，最后收成一个仅仅只容得燕子出入的小口。我便可以推想，那个悬吊在最下部的兜儿，肯定是为产卵设计的，卵不至于乱滚，雏燕藏在这个兜底儿，恰如一个四面设围的摇篮，避免了瞎滚瞎爬而掉出来摔死的危险。这个燕窝是倚赖挑梁和墙壁平面屋檐的三角地带垒成的，根本没有像我父亲在屋梁上架设的木板做基础，也没有十余年前那对草燕在前屋电灯开关的木盒上垒窝的依托，难度就很大了。这是一个完全悬空的建筑。这是燕群里的一对建筑大师出神入化的杰作，令我叹为观止。可以断定，这是它们的父母无法教给它们的方法和技巧，也是无法从它们的同类那儿模仿的，因为根本不存在完全相同的垒窝筑巢的环境，一切都得依据具体环境提供的可能性，去构思去设计去施工。由此可以推想每一对燕子的每一次筑巢，都是一次重新开始的全新的创造，无法仿效同类，也无法重复自己。

我察觉新垒的燕窝呈现出一种静谧，只有一只燕子在屋院里偶尔掠过，估计这是那只公燕，母燕静卧新巢产卵了。我无意间也就放轻了脚步，出入后门走过头顶的那个神秘的燕窝时，自然生出一缕拘谨，生怕惊扰了它。想到再过一些时日，那神秘的窝巢里将会传出雏燕争食的声音，该是多么美妙哦。

外出一周回到原下，打开已经积尘的铁锁，首先想看一看前屋后檐下的燕窝，似乎没有任何动静。我便想到，可能正在产卵或孵卵哩，不到饿极或后急，燕子是不会出窝的。几天过去了，我竟然没有发现燕子一次出入其巢，便有些疑惑，担心也就潜生了。后来就站在较远处的后屋前门口耐心等候，许久仍不见燕子出入的踪迹，倒是有两只甚至多只燕子出入前屋和后屋的大门，或在屋院上空旋飞，却不见进出窝口，这是怎么回事呢？又过了许多天，我终于断定，这个燕窝已是一个空巢，心里竟冷寂起来，猜想这对精心设计苦力构建了窝巢的燕子，不可能另择栖地重筑新巢，也不可能是被孩子虐杀，因为即使最捣蛋的孩子，也不会捉燕子的。我唯一能想到的是农药的绝杀。然而这个时节的乡村里，麦子已经接近成熟，早熟的水果都是不再施洒农药的。然而也不敢肯定，说不定什么人在菜园里喷了药汁……无论这种猜测的可靠性几何，结果却是不可改变的残酷，燕子确凿没有了，难得遇合的不脏我家地的瑚燕。

我的心里渐渐平复，在后屋里继续我写字或看书的事。某日中午，我搁下钢笔点燃一支卷烟，透过窗户玻璃无意朝前看去，看到一只麻雀从前屋后檐下飞出来，心里一惊，用水泥板构建的前屋后檐，没有任何鸟雀可以落脚的东西，这麻雀是不是从燕窝里飞出来的？我便走出后屋前门，站在台阶上想看个究竟。待了许久，再也看不到麻雀进出燕窝的奇迹发生，便想到刚才可能恰恰看见了一只从屋檐下掠过的麻雀，怪我多疑了，便又重新拾起钢笔。

当我再次点烟的时候，无意间又看见了从前屋后檐下飞出一只麻雀。这回我没有走出门去，就隐蔽在原位上隔着窗玻璃偷窥，果然，一只麻雀从屋檐上空折转下来，钻进那个燕窝里去了。我几乎脱口而出，雀占燕巢，千古奇观。随之就放声大笑了，笑得我都岔住气了。我读书读到有趣处时哑然失笑，是常有的事，有时候一个人走路想着某些滑稽可笑的事或人，也会暗自发笑。然而像这样的忍俊不禁的大笑，而且是我一个人独居着的偌大空寂的屋院，却是绝无仅有的事。真是不可思议！好你个麻雀兔崽子！任谁都知道鸠占鹊巢的故事，然而恐怕没有谁如我有幸目击雀占燕巢的滑稽了。那么精美的燕窝里，现在飞出来又钻进去的，竟然是土头灰脑的麻雀。乡村人惊奇这类不可思议的怪事时常说，奇哉怪哉，楸树上结串蒜薹。现在恰好可以套用乡村人的这个句式，奇哉怪哉，燕窝里飞出麻雀。我突然想到那位诡秘奇思的天才作家蒲松龄，编尽了天下妖魔鬼怪的奇事逸闻，怕是也想不到麻雀竟会占据燕巢。我听说过蛇和老鼠钻进燕窝偷食燕蛋的事，并不为奇，只觉得残忍。然而麻雀怎么可能欺侮燕子呢？

在鸟儿的王国里，有益鸟和害鸟之分，这是人类按鸟的习性对自身的利害而做出的划界。如果就鸟儿王国本身而言，有食肉类和以草虫为食物的区分。食肉一类的鸟如鹰、鸠、雕、鹞等，以捕杀各种鸟儿和小型动物营养自己，甚至凶残暴戾到敢于攻击人类，它们是鸟类王国里的希特勒和日本鬼子。以各种植物的叶子和果实或小虫为食物的鸟儿，是鸟类王国里的“各民族人民大众”，在广阔的大地上寻觅自己喜好的嫩叶、种子和虫子，互不干扰互不威胁和平共处。鸠占鹊巢就是鸟类王国里恶对善的欺凌。鸠是嗜血成性的凶鸟，而鹊是被人作为报喜禳灾的喜鸟而钟爱的。我却突发奇想，鸠残忍地捕杀喜鹊一类善鸟可能是时时发生的事，而鸠霸占喜鹊窝巢的事恐怕谁也没有目睹过。我见过无数的喜鹊窝巢，是鸟类中最不讲究最潦草的一种，用比较粗硬的树枝杂乱无章地搭压在一起，疏漏如同箩眼。这样的窝，鸠怕是看不到眼里的。鸠占鹊巢无非是喻示恶对善的欺凌，强武对弱势的霸道，没有谁去考察鸠是否真的霸占过鹊的窝巢。

麻雀却霸占了燕子的窝巢，我已先睹为快。

麻雀在鸟类王国里，无疑属于弱势一族中的弱势，那么小的体形，对任何鸟儿都不会构成威胁。在人类的眼里，不该被视为与人争谷的害鸟而曾被动员起来的六亿人民（1958 年全国人口）围歼，即使为其平反之后，人们也没有太在乎过它，小孩子们的弹弓首先瞄准的还是麻雀。这个被凶鸟欺压也被人类轻贱着的小小麻雀，却可以欺侮燕子。而燕子在人的眼里和心里，自古都是颇为高贵的可以享受“喜燕来朝”架板的贵宾。如果用人类拳击的规则来度量，麻雀和燕子属于同一个量级，大约都不过零点一公斤的体重吧。然而麻雀却可以以武力霸占燕巢，怕是燕子生性太善也太娇弱了……我这样推测。

我把这个类似“楸树上结了蒜薹”的奇事讲给村里人，听者哈哈一笑便解谜了。村人说，麻雀根本不会和燕子动武。麻雀只要往燕子窝里钻一回，燕子就自动给麻雀把窝腾出来了。为啥？麻雀身上的臊气儿把燕子给熏跑了。燕子太讲究卫生了，闻不得麻雀的臊气。

哦！ 这又是我料想不到的学问，一个令我惊心的学问。

鸠以武力霸占鹊巢，如同人类历史中大大小小的臭名于世的侵略者，人们恐惧他们的暴力，却不奇怪他们曾经的出现和存在。 然而麻雀呢？ 虽不具备如鸠一样的强力和嗜血成性的残暴，却可以用自身的腥臊气味把太过干净的燕子恶心一番，逼其自动出逃，达到如鸠一样霸占其巢的目的，而且不留鸠的恶。由此类推到自然界，如若蛆虫爬进了蚕箔，蚕肯定会窒息而死，其实蛆对蚕是不具备攻击力的。 如若把一株臭蒿子栽到兰花盆里，后果将不言而喻。 再推及人类社会生活中的臭与香、丑与美、恶俗与高雅、鸨婆与林黛玉、泼皮无赖和谦谦君子，其实是不必交手结局就分明了。

这倒成为我开心的一大景观。 我站在台阶上抽烟，或坐在庭院里喝茶，抬头就能看见出出进进燕窝的麻雀的得意和滑稽，总忍不住想笑。 起初，麻雀发现我站着或坐在院里，还在屋檐上或墙头上窥视，尚不敢放心放胆地进入燕窝，一旦我转身进屋，“刺溜”一声就钻进去了，还有点不好意思的心虚，显现出贼头贼脑的样子。 时间一久，大约断定我其实并不介入它占燕巢的劣行，就变得无所顾忌地大胆了，无论我在屋里或檐下，它都自由出入于燕窝。 我也就对麻雀吟诵：放心地在燕窝里孵蛋，再哺育小麻雀吧！ 毕竟也还是一种鸟哦！

六十岁说

四十五年前读初中二年级时，我在作文课上写下平生的第一篇短篇小说。这篇大约三千字的小说习作是第一次文学创作，不再属于此前作文的意义。我对文学创作的兴趣由此萌发。这种兴趣持续了四十五年。至今依旧新鲜而恭敬。即使“文革”扫荡一切作品和作家的时候，这种兴趣仍然没有转移或消亡，而转变为一种隐蔽性的阅读。我说过我的人生的有幸和不幸，正是从在作文本上写作第一篇小说起始的；正是这一次完全出于兴趣性的写作，奠定了文学在我人生历程中的主题词。

近年来，多种媒体和多路记者几乎无一不问及我的人生感悟和文学创作的感悟。我也几乎无一例外地首先向他们解释，我不大使用感悟、悟道一类词，我喜欢启示。即人生历程中得到的启示，文学创作中思想和艺术的启示。正是这些启示，提升着我对历史和现实的思想穿透能力，也提升着我对文学和艺术本真的体验，完成一次又一次创造理想。在这个漫长的艺术探索过程和人生历程中，有两次自我把握和两次反省成为关键性的选择和转折。

一次是在 1978 年之初，当中国文学复兴的春潮涌动的时候，我正在灞河水利工地任副总指挥。 我在完成了家乡的这个工程之后离开了，调入文化馆。 我那时候对我的把握是，文学创作可以当作事业来干的时代终于出现了。 第二次把握是 1982 年。 这一年我从业余写作进入专业写作。 我曾在一篇文章中写到过当时的直接的唯一的感觉，即进入我的人生最佳生存状态。我几乎在得到专业创作条件的同时，决定回归老家。 一是静下心来回嚼二十年的乡村工作和生活，进入写作；二是基于对自己知识的残缺性的估计，需要广泛读书需要充实更需要不断更新，这都需要一个可以避免纷扰的安静环境来实现。 我选择了老家农村。 直到《白鹿原》完成，正好十年。 这两次把握，一次是人生轨道的转换，一次纯粹属于自身生存环境的选择。

两次反省。 一次是 1978 年秋天。 当新时期文学如雨后春笋般从解冻的文坛发生时，我很鼓舞也很冷静。 冷静是出于对自身具体情况的判断。 我以为排除“文化大革命”中那些极左思想不难，而要荡涤自有阅读能力以来所接受的极左的非文学的观念不易。 我选择了读书，借来了一些世界经典作家的经典作品，以真正的文学来摒弃思维和意识中的非文学观念，目的仅仅只有一点，进入文学的本真。 这次反省大约持续了四个月，到 1979 年春天，我获得了文学创作和艺术表现的强烈欲望。 我把文学当作事业来干的行程开始了。

第二次反省发生在 80 年代中后期，即《白鹿原》写作的准备阶段。 我那个时候的思维是最活跃的一段。 尤其是文学创作理论中的人物心理结构学说，引发了我对自己以往创作的颠覆。自我的不满意以至自我否定，同时就孕育着膨胀着一种新的艺术创造理想。这种痛苦的反省完全是自发的。发生在《白鹿原》的准备和后来的整个写作过程中，对我来说是一个关键。

多年以后的今天回过头来看，在人生的两个重要阶段上，我把握了自己，主要是以自身的实际做出的选择。在艺术追求的漫长历程中，在两个重要的创作阶段上，进行两次反省，对我不断进入文学本真是关键性的。如果说创作有两次重要突破，首先都是以反省获得的。可以说，我的创作进步的实现，都是从关键阶段的几近残酷的自我否定自我反省中获得了力量。我后来把这个过程称作心灵和艺术体验剥离。没有秘密，也没有神话，创造的理想和创造的力量，都是经过自我反省获取的、完成的。

仅仅在半月之前的一个上午，我完成一篇五千字的散文，在原下老家一个人兴奋不已。仅仅在十天前一个晚上，读完畅广元教授的一本文化文学批评专著，进入一种最欣慰的愉悦。四天前的那个下午，我写完一篇万余字的短篇小说，竟然兴奋不已。两天前的晚上，在杨凌参加杨凌文联成立的会场里，见到残疾人作家贺绪林，听说他的一部三十万字的长篇即将由人民文学出版社出版，我感动而又感奋，同样愉悦。这样，我几十年来不断重复验证自己，文学创作才是我生存的最佳气场。

直到我走进朋友们营造的这个隆重而又温馨的场合，我依然不能切实理解六十这个年龄的特殊含义，然而六十岁毕竟是人生的一个最重要的年龄区段。按照我们传统文化和传统习俗的意思，是耳顺，是感悟，是悟道，是忆旧的年龄。这也许是前人归纳的生命本身的规律性特征。我不可能违抗生命规律。但我现在最明确的一点是，力戒这些传统和习俗中可能导致平庸乃至消极的东西。我比任何年龄区段上更强烈更清醒的意识是，对新的知识的追问，对正在发生着的生活运动的关注。这既是作为一个作家的生命意义所在，也是我这个具体作家最容易触发心灵中的那根敏感神经的颤动的。

我唯一恳求上帝的，是给我一个清醒的大脑。而今天所有前来聚会的朋友和我的亲人，就是怀着上帝的意愿来和我握手的。

原下的日子

一

新世纪到来的第一个农历春节过后，我买了二十多袋无烟煤和吃食，回到乡村祖居的老屋。我站在门口对着送我回来的妻女挥手告别，看着汽车转过沟口那座塌檐倾壁残颓不堪的关帝庙，折回身走进大门进入刚刚清扫过隔年落叶的小院，心里竟然有点酸酸的感觉。已经摸上六十岁的人了，何苦又回到这个空寂了近十年的老窝里来。

从窗框伸出的铁皮烟筒悠悠地冒出一缕缕淡灰的煤烟，火炉正在烘除屋子里整个一个冬天积攒的寒气。我从前院穿过前屋过堂走到小院，南窗前的丁香和东西围墙根下的三株枣树苗子，枝头尚不见任何动静，倒是三五丛月季的枝梢上暴出小小的紫红的芽苞，显然是春天的讯息。然而整个小院里太过沉寂太过阴冷的气氛，还是让我很难转换出回归乡土的欢愉来。

我站在院子里，抽我的雪茄。东邻的屋院差不多成了一个荒园，兄弟两个都选了新宅基建了新房搬出许多年了。西邻曾经是这个村子有名的八家院，拥挤如同鸡笼，先后也都搬迁到村子里新辟的宅基地上安居了。我的这个屋院，曾经是父亲和两位堂弟三分天下的“三国”，最鼎盛的年月，有祖孙三代十五六口人进进出出在七八个或宽或窄的门洞里。在我尚属朦胧混沌的生命区段里，看着村人把装着奶奶和被叫作厦屋爷的黑色棺材，先后抬出这个屋院，再在街门外用粗大的抬杠捆绑起来，在儿孙们此起彼伏的哭号声浪里抬出村子，抬上原坡，沉入刚刚挖好的墓坑。我后来也沿袭这种大致相同的仪程，亲手操办我的父亲和母亲从屋院到墓地这个最后驿站的归结过程。许多年来，无论有怎样紧要的事项，我都没有缺席由堂弟们操办的两位叔父一位婶娘最终走出屋院走出村子走进原坡某个角落里的墓坑的过程。现在，我的兄弟姊妹和堂弟堂妹及我的儿女，相继走出这个屋院，或在天之一方，或在村子的另一个角落，以各自的方式过着自己的日子。眼下的景象是，这个给我留下拥挤也留下热闹印象的祖居的小院，只有我一个人站在院子里。原坡上漫下来寒冷的风。从未有过的空旷。从未有过的空落。从未有过的空洞。

我的脚下是祖宗们反复踩踏过的土地。我现在又站在这方小小的留着许多代人脚印的小院里。我不会问自己也不会向谁解释为了什么又为了什么重新回来，因为这已经是行为之前的决计了。丰富的汉语言文字里有一个词儿叫龌龊。我在一段时日里充分地体味到这个词儿的不尽的内蕴。

我听见架在火炉上的水壶发出“噗噗噗”的响声。我沏下一杯上好的陕南绿茶。我坐在曾经坐过近二十年的那把藤条已经变灰的藤椅上，抿一口清香的茶水，瞅着火炉炉膛里炽红的炭块，耳际似乎萦绕着见过面乃至根本未见过面的老祖宗们的声音，嗨！你早该回来了。

第二天微明，我搞不清是被鸟叫声惊醒的，还是醒来后听到了一种鸟的叫声。我的第一反应是斑鸠。这肯定是鸟类庞大的族群里最单调最平实的叫声，却也是我生命磁带上最敏感的叫声。我慌忙披衣坐起，隔着窗玻璃望去，后屋屋脊上有两只灰褐色的斑鸠。在清晨凛冽的寒风里，一只斑鸠围着另一只斑鸠团团转悠，一点头，一翘尾，发出连续的“咕咕咕……咕咕咕”的叫声。哦！催发生命运动的春的旋律，在严寒依然裹盖着的斑鸠的躁动中传达出来了。

我竟然泪眼模糊。

二

傍晚时分，我走上灞河长堤。堤上是经过雨雪浸淫沤泡变成黑色的枯蒿枯草。沉落到西原坡顶的蛋黄似的太阳绵软无力。对岸成片的白杨树林，在蒙蒙灰雾里依然不失其肃然和庄重。河水清澈到令人忍不住又不忍心用手撩拨。一只雪白的鹭鸶，从下游悠悠然飘落在我眼前的浅水边。我无意间发现，斜对岸的那片沙地上，有个男子挑着两只装满石头的铁丝笼走出一个偌大的沙坑，把笼里的石头倒在石头垛子上，又挑起空笼走回那个低陷的沙坑。那儿用三脚架撑着一张钢丝罗筛。他把刨下的沙石一锨一锨抛向罗筛，发出连续不断千篇一律的声响，石头和沙子就在罗筛两边分流了。

我久久地站在河堤上，看着那个男子走出沙坑又返回沙坑。这儿距离西安不足三十公里。都市里的霓虹此刻该当缤纷，各种休闲娱乐的场合开始进入兴奋期。暮霭渐渐四合的沙滩上，那个男子还在沙坑与石头垛子之间来回往返。这个男子以这样的姿态存在于世界的这个角落。

我突发联想，印成一格一框的稿纸如同那张罗筛。他在他的罗筛上筛出的是一粒一粒石子。我在我的“罗筛”上筛出的是一个一个方块汉字。现行的稿酬标准无论高了低了贵了贱了，肯定是那位农民男子的石子无法比对的。我自觉尚未无聊到滥生矫情，不过是较为透彻地意识到构成社会总体坐标的这一极。这一极与另外一极的粗细强弱的差异。

这是新世纪的第一个早春。这是我回到原下祖屋的第二天傍晚。这是我的家乡那条曾为无数诗家墨客提供柳枝，却总也寄托不尽情思离愁的灞河河滩。此刻，三十公里外的西安城里的霓虹灯，与灞河两岸或大或小村庄里隐现的窗户亮光；豪华或普通轿车壅塞的街道，与田间小道上悠悠移动的架子车；出入大饭店小酒吧的俊男倩女打蜡的头发涂红（或紫）的嘴唇，与拽着牛羊缰绳背着柴火的乡村男女；全自动或半自动化的生产流水线，与那个在沙坑在罗筛前挑战贫穷的男子……构成当代社会的大坐标。我知道我不会再回到挖沙筛石这一极中去，却在这个坐标中找到了心理平衡的支点，也无法从这一极上移开眼睛。

三

村庄背靠白鹿原北坡。遍布原坡的大大小小的沟梁奇形怪状。在一条阴沟里该是最后一坨尚未化释的残雪下，有三两株露头的绿色，淡淡的绿，嫩嫩的黄，那是青蒿，长高了就是蒿草，或俗称臭蒿子。嫩黄淡绿的青蒿，不在乎那坨既残又脏经年未化的雪，宣示了春天的气象。

桃花开了，原坡上和河川里，这儿那儿浮起一片一片粉红的似乎流动的云。杏花接着开了，那儿这儿又变幻出似走似住的粉白的云。泡桐花开了，无论大村小庄都被骤然爆出的紫红的花帐笼罩起来了。洋槐花开的时候，首先闻到的是一种令人总也忍不住深呼吸的香味，然后惊异庄前屋后和坡坎上已经敷了一层白雪似的脂粉。小麦扬花时节，原坡和河川铺天盖地的青葱葱的麦子，把来自土地最诱人的香味，释放到整个乡村的田野和村庄，灌进庄稼院的围墙和窗户。椿树的花儿在庞大的树冠和浓密的枝叶里，只能看到绣成一团一串的粉黄，毫不起眼，几乎没有任何观赏价值，然而香味却令人久久难以忘怀。中国槐大约是乡村树族中最晚开花的一家，时令已进入伏天，燥热难耐的热浪里，闻一缕中国槐花的香气，顿然会使焦躁的心绪沉静下来。从农历二月二龙抬头迎春花开伊始，直到大雪漫地，村庄、原坡和河川里的花儿便接连开放，各种奇异的香味便一波迭过一波。且不说那些红的黄的白的紫的各色野草和野花，以及秋来整个原坡都覆盖着的金黄灿亮的野菊。

五月是最好的时月，这当然是指景致。整个河川和原坡都被麦子的深绿装扮起来，几乎看不到巴掌大一块裸露的土地。一夜之间，那令人沉迷的绿野变成满眼金黄，如同一只魔掌在翻手之瞬间创造出来神奇。一年里最红火最繁忙的麦收开始了，把从去年秋末以来的缓慢悠闲的乡村节奏骤然改变了。红苕是秋收的最后一茬庄稼，通常是待头一场浓霜降至，苕叶变黑之后才开挖。湿漉漉的新鲜泥土的垄畦里，排列着一行行刚刚出土的红艳艳的红苕，常常使我的心发生悸动。被文人们称为弱柳的叶子，居然在这河川里最后卸下盛妆，居然是最耐得霜冷的树。柳叶由绿变青，由青渐变浅黄，直到几番浓霜击打，通身变成灿灿金黄，张扬在河堤上河湾里，或一片或一株，令人钦佩生命的顽强和生命的尊严。小雪从灰蒙蒙的天空飘下来时，我在乡间感觉不到严冬的来临，却体味到一缕圣洁的温柔，本能地仰起脸来，让雪片在脸颊上在鼻梁上在眼窝里飘落、融化，周围是雾霭迷茫的素净的田野。直到某一日大雪降至，原坡和河川都变成一抹银白的时候，我抑制不住某种神秘的诱惑，在黎明的浅淡光色里走出门去，在连一只兽蹄鸟爪的痕迹也难觅踪的雪野里，踏出一行脚印，听脚下的雪发出“铮铮铮”的脆响。

我常常在上述这些情景里，由衷地咏叹，我原下的乡村。

四

漫长的夏天。

夜幕迟迟降下来。我在小院里支开躺椅，一杯茶或一瓶啤酒，自然不可或缺一支烟。夜里依然有不泯的天光，也许是繁密的星星散发的。白鹿原刀裁一样的平顶的轮廓，恰如一张简洁到只有深墨和淡墨的木刻画。我索性关掉屋子里所有的电灯，感受天光和地脉的亲和，偶尔可以看到一缕鬼火飘飘忽忽掠过。

有细月或圆月的夜晚，那景象就迷人了。我坐在躺椅上，看圆圆的月亮浮到东原头上，然后渐渐升高，平静地一步一步向我面前移来，幻如一个轻摇莲步的仙女，再一步一步地向原坡的西部挪步，直到消失在西边的屋脊背后。

某个晚上，瞅着月色下迷迷蒙蒙的原坡，我却替两千年前的刘邦操起闲心来。他从鸿门宴上脱身以后，是抄哪条捷径便道逃回我眼前这个原上的营垒的？“沛公军灞上”。灞上即指灞陵原。汉文帝就葬在白鹿原北坡坡畔，距我的村子不过十六七里路。文帝陵史称灞陵，分明是依着灞水而命名。这个地处长安东郊自周代就以白鹿得名的原，渐渐被“灞陵原”“灞陵”“灞上”取代了。刘邦驻军在这个原上，遥遥相对灞水北岸骊山脚下的鸿门，我的祖居的小村庄恰在当间。也许从那个千钧一发命悬一线的宴会逃跑出来，在风高月黑的那个恐怖之夜，刘邦慌不择路翻过骊山涉过灞河，从我的村头某家的猪圈旁爬上原坡直到原顶，才嘘出一口气来。无论这逃跑如何狼狈，并不影响他后来打造汉家天下。

大唐诗人王昌龄，原为西安城里人，出道前隐居白鹿原上滋阳村，亦称芷阳村。下原到灞河钓鱼，提镰在菜畦里割韭菜，与来访的文朋诗友饮酒赋诗，多以此原和原下的灞水为叙事抒情的背景。我曾查阅资料企图求证滋阳村村址，毫无踪影。

我在读到一本《历代诗人咏灞桥》的诗集时，大为惊讶，除了人皆共知的“年年柳色，灞陵伤别”所指的灞桥，灞河这条水，白鹿（或灞陵）这道原，竟有数以百计的诗圣诗王诗魁都留了绝唱和独唱。

宠辱忧欢不到情，
任他朝市自营营。
独寻秋景城东去，
白鹿原头信马行。

这是白居易的一首七绝。是诸多以此原和原下的灞水为题的诗作中的一首。是最坦率的一首，也是最通俗易记的一首。一目了然可知白诗人在长安官场被蝇营狗苟的龌龊惹烦了，闹得腻了，倒胃口了，想呕吐了，却终于说不出口呕不出喉，或许是不屑于说或吐，干脆骑马到白鹿原头逛去。

还有什么龌龊能淹没脏污这个以白鹿命名的原呢，断定不会有。

我在这原下的祖屋生活了两年。自己烧水沏茶。把夫人在城里擀好切碎的面条煮熟。夏日一把躺椅，冬天一抱火炉。傍晚到灞河沙滩或原坡草地去散步。一觉睡到自来醒。当然，每有一个短篇小说或一篇散文写成，那种愉悦，相信比白居易纵马原上的心境差不了多少。正是原下这两年的日子，是近八年以来写作字数最多的年份，且不说优劣。

我愈加固执一点，在原下进入写作，便进入我生命运动的最佳气场。

皮鞋·鳝丝·花点衬衫

第一次到上海，是1984年，大概是5月。上海文艺出版社举办“《小说界》第一届文学奖”颁奖活动，我的第一部中篇小说《康家小院》荣幸获奖，便得到走进这座大都市的机缘，心里踊跃着兴奋着。整整二十年过去，尽管后来又几次到上海，想来竟然还是第一次留下的琐细的记忆最为经久，最耐咀嚼，面对后来上海魔术般的变化，常常有一种感动，更多一缕感慨。

第一次到上海，在我有两件人生的第一次生活命题被突破。

我买的第一双皮鞋就是那次在上海的城隍庙购买的。说到皮鞋，我有过两次经历，都不大美好，曾经暗生过今生再不穿皮鞋的想法。大约是西安解放前夕，城里纷传解放军要攻城，自然免不了有关战争的恐慌。我的一位表姐领着两个孩子躲到乡下我家，姐夫安排好他们母子就匆匆赶回城里去了。据说姐夫有一个皮货铺子，自然放心不下。表姐给我们兄妹三人各带来一双皮鞋。父亲和母亲让我试穿一下。我在屋子里走了几步就脱下来，夹脚夹得生疼，皮子又很硬，磨蹭脚后跟，走路都蹺不开脚了。大约就试穿了这一次，便永远收藏在母亲那个装衣服的大板柜的底层。直到 20 世纪 70 年代初，我已经在家乡的公社（乡）里工作，仍然穿着农民夫人手工做的布鞋。

我家乡的这个公社（乡）辖区，一半是灞河南岸的川道，另一半即是地理上的白鹿原的北坡。干部下乡或责任分管，年龄大的干部多被分到川道里的村子，我当时属年轻干部，十有八九都奔跑在原坡上某个坪某个沟某个湾的村子里，费劲吃苦倒不在乎，关键是骑不成自行车，全凭腿脚功夫，自然就费脚上的布鞋了。一双扎得密密实实的布鞋底子，不过一月就磨透了，后来就咬牙花四毛钱钉一页用废弃轮胎做的后掌，鞋面破了妻子可以再补。在这种穿鞋比穿衣还麻烦的情境下，妻弟把工厂发的一双劳保皮鞋送给我了。那是一双翻毛皮鞋。我冬夏春秋四季都穿在脚上，上坡下川，翻沟蹚滩，都穿着它。既不用擦油，也不必打光，乡村人那时候完全顾不得对别人的衣饰审美，男女老少的最大兴奋点都敏感在粮食上，尤其是春天的救济粮发放份额的多少。这双翻毛皮鞋穿了好几年，鞋后掌换过一回或两回，鞋面开裂修补过不知多少回，仍舍不得丢掉，几年里不知省下多少做布鞋的鞋面布和锥鞋底的麻绳儿和鞋底布，做鞋花费的工夫且不论了。到我和家庭经济可以不再斤斤计较一双布鞋的原料价值的时候，我却下决心再不穿皮鞋尤其是翻毛皮鞋了。体验刻骨铭心，双脚的脚掌和十个脚趾，多次被磨出血泡，血泡干了变成厚茧，最糟糕的还有鸡眼。

这回到上海买皮鞋，原是动身之前就与妻子议定了的重大家事。首先当然是家庭经济改善了，有了额外的稿酬收入，也有额内工资的提升；再是亲戚朋友的善言好心，说我总算熬出来，成为有点名气的作家了，走南闯北去开会，再穿着家做的灯芯绒布鞋就有失面子了。我因为对两次穿皮鞋的切肤记忆体会深切，倒想着面子确实也得顾及，不过还是不用皮鞋而选择其他式样的鞋，穿着舒服，不能光彩了面子而让双脚暗里受折磨。这样，我就多年也未动过买皮鞋的念头。“买双皮鞋。”临行前妻子说，“好皮鞋不磨脚。上海货好。”于是就决定买皮鞋了。“上海货好。”上海什么货都好，包括皮鞋。这是北方人的总体印象，连我的农民妻子都形成并且固定着这个印象。那天是一位青年作家领我逛城隍庙的。在他的热情而又内行的指导下，我买了一双当时比较价高的皮鞋，宽大而显得气派，圆形的鞋头，明光锃亮的皮子细腻柔软，断定不会让脚趾受罪，就买下来了。买下这双皮鞋的那一刻，心里就有一种感觉，我进入穿皮鞋的阶层了，类似进了城的陈奂生的感受。

回到西安东郊的乡村，妻子也很满意，感叹着以后出门再不会为穿什么鞋子发愁犯难了。这双皮鞋，只有我到西安或别的城市开会办事才穿，回到乡下就换上平时习惯穿的布鞋。这样，这双皮鞋似乎是为了给城里的体面人看而穿的，自然也为了我的面子。另外，乡村里黄土飞扬，穿这皮鞋需得天天擦油打磨，太费事了；在整个乡村还都顾不上讲究穿戴的农民中间，穿一双油光闪亮的皮鞋东走西逛，未免太扎眼……这双皮鞋就穿得很省，有七八年寿命，直到20世纪90年代初才换了一双新式样。此时，我居住的乡村的男女青年的脚上，各色皮鞋开始普及。

我第一次吃鳝鱼，也是那次上海之行时突破的。关中人尤其是乡下人，基本不吃鱼，成为外省人尤其是南方人惊诧乃至讥笑的蠢事。这是事实。这样的事实居然传到胡耀邦耳朵里，他到陕西视察时在一次会议上讲过：“听说陕西人不吃鱼？”其实秦岭南边的陕南人是有吃鱼传统的，确凿不吃鱼的只是关中人和陕北人。我家门前的灞河里有几种野生鱼，有两条长须不长鳞甲的鲇鱼，还有鲫鱼，稻田里的黄鳝不被当地人看作鱼类，而视为蛇的变种。灞河发洪水的时候，我看到过成堆成堆的鱼被冲上河岸，晒死在苞谷地里，发臭变腐，没有谁捡拾回去尝鲜。直到20世纪50年代中期国家第一个五年计划实施时，西安拥来了许多东北和上海老工业区的技术人员和熟练工人，这些人因为买不到鱼而生怨气，就自制钓竿到西安周围的河里去钓鱼。我和伙伴们常常围着那些操着陌生口音的钓鱼者看稀罕。当地乡民却讥讽这些吃鱼的外省人：南蛮子是脏熊，连腥气烘烘的鱼都吃！我后来尽管也吃鱼了，却几乎没有想过要吃黄鳝。在稻田里我曾像躲避毒蛇一样躲避黄鳝，那黑黢黢的皮色，不敢想象入口会是一种什么感觉。

那天在上海郊区参观之后，晚饭就在当地一家餐馆吃。点菜时，《小说界》编辑、现任副主编的魏心宏突然兴奋地叫起来：“啊呀，这儿有红烧鳝丝！来一盘来一盘鳝丝。”还歪过头问我，你吃不吃鳝丝，就是鳝鱼丝。我只说我没吃过。当一盘红烧鳝丝端上餐桌时，我看见一堆紫黑色的肉丝，就浮出在稻田里踩着滑溜的黄鳝时的那种恐惧。魏心宏动了筷子，连连赞叹味道真好做得真好。随之就煽动我，忠实你尝一下嘛，可好吃啦，在上海市内也很少能吃到这么好的鳝丝。我就用筷子夹了一撮鳝丝，放入口里，倒也没有多少冒险的惊恐，无非是耿耿于黄鳝丑陋形态的印象罢了。吃了一口，味道挺好，接着又吃了，都在加深着从未品尝过的截然不同于猪、牛、羊、鸡肉的新鲜感觉。盛着鳝丝的盘子几乎是一扫而光，是餐桌上第一盘被吃光掠净的菜。似乎魏心宏的筷子出手最频繁。多年以后，西安稍有规格的餐馆也都有鳝丝、鳝段供食客选择了，我常常偏重点一盘鳝丝。每当此时，朋友往往会侧头看我一眼，那眼神里的诧异和好奇是不言而喻的。

还有两把小勺子，也是此行在上海城隍庙买的，不锈钢做的，把儿是扁的。从造型到拿在手里的感觉，都特别之好，不知在什么时候弄丢了一把，现在仅剩一把，依然光亮如初，更不要说锈痕了。有时出远门图得自便，我就带着这把勺子，至今竟然整整二十年了。

还有一个细节，颇有点刻铭的意味。

还是那位年轻作家陪我逛街。我们随意走着，我已记不得那是条什么街什么弄了，只记得街道两边多是小店铺。陪我的青年作家随意介绍着传统风情和市井传闻，我也很难一遍成记，尽管听得颇有趣味。突然看见一个十分拥挤的场面，便停住脚步。一家小店仅一间窄小的门面，塞满了顾客，往里硬挤的人在门外拥聚成偌大的一堆；从里头往外挤的人，几乎是从对着脸拥挤的人的肩膀上爬出来；绝大多数为男性青年，亦有少数女性夹在其中，肌肤之紧密接触也不忌讳了；往外挤着的人，手里高扬着一种白底碎花的衬衫。不用解释，正是抢购这种白底上点缀着蓝的红的黄的橙的小花点的衬衫。

1984 年春末夏初，上海青年男女最时髦、最新潮的审美兴奋点，是白底花点的衬衫。

十余年后，我接连两三次到上海。朋友们领我先登东方明珠电视塔，再逛浦东新区，令我眼花缭乱，目不暇接，新的景观和创造新景观的奇迹般的故事，从眼睛和耳朵里都溢出来了。我在宝钢的轧钢车间走了一个全过程，入口处看见的橙红色的钢板大约有两块砖头那么厚，到出口处的钢材已经自动卷成等量的整捆，厚薄类近厚一点的白纸，最常见的用途是做易拉罐。车间里几乎看不见一个工人，我也初识了什么叫全自动化操作。技术性的术语我都忘记了，只记住了讲解员所讲的一个事实：这个钢厂结束了中国钢铁业不能生产精钢的历史，改变了精钢完全依赖进口的局面。尽管是外行，这样的事实我不仅能听懂，而且很敏感，似乎属于本能性地特别留意，在于百年以来留下的心理亏虚太多了。

从小学生时代直到进入老龄的现在，我都在完成着这种从祖先遗传下来的先天性心理亏空的填垫和补偿过程。我们的第一台名为“解放牌”的汽车出厂了。我们有了自己生产的“红旗牌”轿车。我们的第一颗原子弹爆炸成功。我们的卫星上天了，飞船也进入太空了。我们有了国产的彩色电视和国产空调和国产电脑和国产什么什么产品。这样的消息，每有一次都是对那个心理亏虚的填垫和补偿，增加一份骄傲和自信，包括制造易拉罐的这种钢材对进口依赖的打破，也属同感。我便想到，什么时候让欧美人发出一条他们也能“国产”中国的某种独门技术的产品的消息的时候，我的不断完成着填垫补偿心理亏空的过程，才能得到一个根本性的转折。

告别布鞋换皮鞋的过程发生在上海。吃第一口黄鳝的食品革命也始发于上海。这些让我的孩子听来可笑到怀疑虚实的小事，却是我这一代人体验“换了人间”这个词儿的难以轻易抹去的记忆。还有历历在目的上海青年抢购白底花点衬衫的场景，与我上述的皮鞋和黄鳝的故事差不了多少。在南方和北方、东部和西部都被灰色黑色和蓝色的中山服红卫兵服覆盖着的国家里，一双皮鞋一餐鳝鱼丝和一件白底花点衬衫，留给人的镂刻般的记忆，记忆里的可笑和庆幸，肯定不只属于我一个人。

借助巨人的肩膀

平生阅读的第一部翻译长篇小说，是《静静的顿河》。尽管时过四十多年，我仍然确信这个记忆不会有差错，人对自己生命历程中那些第一次的经历，记忆总是深刻。

从学校图书馆借这部小说时，我还不知道它是一部名著，更不了解它在苏联和世界文坛的巨大影响。那是我对文学刚刚发生兴趣的初中二年级，“反右”正在进行。我的语文老师是一位初出茅庐的中文系大学生，常常在语文课堂上逸出课本内容，讲某位作家某位诗人被打成“右派”的事，尤其是被称为“神童”的刘绍棠被定为“右派”，印象最深刻了。好奇心也在同时发生，天才，神童，远远比那个我尚不能完全理解其政治内涵的“右派”帽子更多了神秘色彩，十分迫急地想看看这个神童在与我差不多接近的年龄所写的小说。课后我就到学校图书馆查阅图书目录，居然借到了《山楂村的歌声》短篇小说集，大约是学校图书馆尚未来得及清查禁绝“右派”作家的作品。大约是在这部小说集的“后记”里，刘绍棠说到他对肖洛霍夫的崇拜和对《静静的顿河》的喜欢。“神童”既然如此崇拜如此喜欢，我也就想见识这部长篇小说了。看到在图书馆书架上摆成雄壮一排的四大本《静静的顿河》，我还是抑制了自己的欲望，直等到暑假放学，我便把这四部大著背回乡村的家中。

我知道了地球上有一条虽然不大却很美丽的河流叫顿河。这个顿河总是具象为我家门前那条冬日清冽夏日暴涨的灞河。辽阔的顿河草原上的山冈，舒缓柔曼的起伏转承的线条，也与我面对着的骊山南麓的坡岭和白鹿原北坡的气韵发生叠印和重合。还有生动的哥萨克小伙子葛利高里，风情万种的阿克西妮娅。我那时候忙于自己的生计，每逢白鹿原上集镇的集日，先一天下午从生产队的菜园里趸取西红柿、黄瓜、大葱、茄子、韭菜等，大约五十斤，天微明时挑到距家约十华里的原上去，一趟买卖可赚一两元钱，整个暑假坚持不懈，开学时就可以揣着自己赚来的学费报到了。集日的间隔期里，我每天早晨和后晌背着竹条大笼提着草镰去割草，或下灞河河滩，或者爬上村庄背后白鹿原北坡的一条沟道，都会找到鲜嫩的青草。虽然因为年幼尚无为农业合作社出工的资格，而割草获得的工分比出工还要多。我在割草和卖菜的间歇里，阅读顿河哥萨克的故事，似乎浪漫到不可思议。我难以理解故事里的人物和内蕴，本属正常。所有这些也许并不重要，有幸的是感受到我的生活范围以外的另一个民族的生活形态，视野抵达一个几乎找不到准确方位的遥远的顿河草原，生活在那里的人们的快乐和悲伤竟然牵动着我的情感，而我不过是卖菜割草的一个尚未成年的乡村孩子。我后来才意识到，我喜欢阅读欧美小说的偏向，就是从这一次发生逆转的，从“说时迟，那时快”的语言模式里跳了出来。

另一次难忘的阅读记忆发生在“文化大革命”期间。我已经几年都不读小说了。“文化大革命”一开始，以“三家村”为标志的作家们的灾难，使我这个刚刚在地方报纸副刊上发过几篇散文的业余作者，终于得出一个最现实的结论，写作是绝对不能再做的事了。我把多年来积累的日记和生活纪事，悄悄从学校背回乡下家中，在后院的茅房里烧毁了，也就把因为一句不恰当的话而招致灾难的担心解除了。我后来被借调到公社（乡）帮忙，遇见了初中的地理科任老师。他已经升为我们公社地区唯一一所中学的校长，“文化大革命”中惨遭批斗，新成立的“革委会”拒不结合他。公社要恢复“文化大革命”中瘫痪多年的基层党支部，他也被借调来公社帮助工作，我和他就重新相聚了。我听他说来此之前在学校闲着，分配他为图书管理员。这一瞬我竟然心里一动，久违了的好陌生的图书馆呀。他说学校的图书早已被学生拿光了，意在他这个管理员是有名无实。我却不甘心，总还有一些书吧？他不屑地说，偷过剩下的书在墙角堆着。我终于说服了他，晚上偷偷潜入校园，打开图书馆的铁锁，不敢拉亮电灯，用事先备好的手电筒照亮，在那一堆大多被撕去了书皮的书堆里翻拣。真是令人喜出望外，我竟然获得了《悲惨世界》《血与沙》《无名的裘德》等世界名著。我把这些书装入装过尿素的塑料袋，绑捆到自行车后架上，骑车出了学校大门，路边是农民的菜地，如做贼得手似的畅快。我的老师再三叮嘱我，绝对不能让任何人看见这些书，我便发誓，即使不慎被谁发现再被揭露，绝不会暴露书的真实来处，打死我都不会给老师惹麻烦。

于是就开始了富于冒险意味的阅读。这大约是 20 世纪 70 年代的事。处于“文化大革命”中期的整个社会氛围是难以确切描述的，我只确信一点，未曾亲自经历过的人是不可能有那种亲历者的直接感受的。大约也就在这个时候，八个样板戏里的头几个样板被推出来。整个社会都挥舞着一把革命的铁笤，扫荡“封资修”——那些古今中外的优秀文化和文学遗产。我在一天工作之后洗了脚，插死门扣，才敢从锁着的抽屉里拿出那本被套上“毛选”外皮的翻译小说来，进入一种最怡静也最冒险的阅读，院子里传进来干部们玩扑克为一张犯规的出牌而引发的争吵。最佳的阅读气氛是在下乡住到农民家里的时候。那时候没有电视，房东一家吃罢晚饭就上炕睡觉了，在前屋后窗此起彼伏的鼾声里，我与百余年前法国的一位市长冉阿让相识相交，竟然被他的传奇故事牵肠揪心难以成眠；抑或是陌生到无法想象的西班牙斗士，在斗牛沙场和社会沙场上演绎的悲剧人生；还有那个“多余人”裘德，倒是更能切近我的生活，尽管有种族习俗和社会形态的巨大差异，然而作为社会底层的被社会遗忘的“多余人”的挣扎和痛苦，却是穿透任何差异的共通的心灵情感，甚至可以作为我理解自己身边那些乡村农民的一个参照。许多年以后，我才从开禁的有关资料中得知，《无名的裘德》是欧洲文坛曾经颇有影响的写社会底层“多余人”文学潮流的代表作之一，包括高尔基也写过这类人物和很具影响的一部长篇小说，名字记不得了。

这应该是我文学生涯里真正可以称作纯粹欣赏意义上的阅读。此前和后来的阅读，至少有“借鉴”的职业性目的。此时此境下的阅读纯粹是欣赏，甚至是消遣，一种长期形成的读书习惯所导致的心理欲望和渴求。因为“文化大革命”开始我就不再做作家梦了，四五年过来，确凿不再写过任何属于文学色彩的文章。读着这些世界名著的时候，也没有诱发写作欲望或重新再做作家的梦想，然而我依然喜欢阅读。阅读这些一概被斥为“封资修黑货”的小说，耳朵里灌进的是以毛主席语录谱写的歌曲，还有样板戏的唱段，乡村树杈上的高音喇叭从早到晚都在向田野和村庄倾泻着，在我的心里，正好是无产阶级文艺和资产阶级文艺全面对抗尖锐冲突“你死我活”的一方交战的场面。我那时尚不能做出判断，以“样板戏”为代表的中国无产阶级文艺如何发展前景怎样，然而却确实发生最基本的属于常识层面上的怀疑，欧洲的无产阶级和穷人喜欢如《悲惨世界》《血与沙》《无名的裘德》等这一类作品，我不可能有任何片纸只言的资料，所在只能依常情常理来推测。依据仍然是这些文本，它们都是为劳动者呐喊的呀。我至今也无法估量发生在“文化大革命”中间的这种最纯粹的阅读，对我后来创作的发展有何启示或意义，但有一点却是不可置疑的，欧洲作家创造的这些不朽作品，和我的情感发生过完全的融汇，也清楚了一点，除过八个样板戏，还有如上述的世界名作在中国以外的世界上传诵不衰。

还有一次发生在“文化大革命”后期的阅读是难忘的。大约是 1975 年春天，我到西安电影制片厂去改编电影剧本，意料不到地读到了苏联作家柯切托夫的几部长篇小说。需稍做交代，此前两年，被砸烂了的省作家协会按照上级指示开始恢复，在农村或农场经过劳动改造且被审定没有“敌我矛盾”的编辑和作家，重新回到西安，着手编辑文学刊物。为了与原先的“文艺黑线”划清界限，作家协会更名为创作研究室，《延河》杂志也改为《陕西文艺》。老作家们虽被“解放”，仍然不被信任，仍然心有余悸，“工农兵”业余作者一下子吃香了。我也正是在这时候写下了平生的第一个短篇小说，且被刚刚恢复业务的西影厂看中，拟改为电影。我到西影厂以后，结识了几位和我一样热心创作的业余作者。记不清谁给我透露，西影厂图书资料室有几本“内部参考”小说，是供较高级领导干部阅读参考的，据说这几本小说揭露了“苏联修正本义”的内幕。我经过申请，得到有关领导批准，作为写剧本的业务参考，破例破格阅读“高干”的参考书。

第一本是《州委书记》。作者是柯切托夫。这部小说写了两个苏共的州委书记，拿我们的习惯用语说，一个实事求是做着一个州的发展和建设工作，另一个则是欺上瞒下虚夸成绩搞浮夸风。前者不断受挫，后者屡屡得手于表彰升迁等等。结局是水落石出，后者受到惩治，前者得到伸张。依着今天我们的眼界来说，这部小说的主旨和人物几乎没有什么新颖之处。然而在1975 年的时空下，我的震撼和兴奋几乎是难以抑制的。1975 年再度加压的政治气氛，却无法堵住中国人私下的议论，包括直白的诅咒和谩骂，这应该是施虐近十年的极左路线穷途末路的一个先兆。我可以和几位朋友在私下里谈《州委书记》。我甚至以为把作品人物名字换成中国人的名字，把集体农庄换成公社或生产队，读者的感觉就会毫无差异。就当时而言，柯切托夫揭示的苏联社会问题，在中国的实际生活里更普遍也更尖锐，然而中国却集中到几乎是莫须有的“路线斗争”。更令我惊讶的是，我们作为揭露苏共修正主义的标本，在苏联却照常销售普遍阅读，如若中国有一位写出类似作品的作家，且不说能否出版，肯定性命都难保全。

兴趣随之由作品转移到作家本身，柯切托夫创作历程中的几次转折似乎更富于参照意义。我连续在西影图书馆借到了柯切托夫的两本长篇小说，都是“文化大革命”前已经翻译出版的《茹尔宾一家》和《叶尔绍夫兄弟》，以城市家族的角度，写产业工人在社会主义劳动中的英雄主义精神，都是公开出版发行的。这个以写和平建设时期的英雄而在苏联和中国都很有名气的作家，到20世纪60年代，把笔锋调转到另一个透视的角度。揭示苏共政权机关里的投机者，以至他的《州委书记》等长篇成为中国“高干”了解“苏修”社会黑幕政权质变的参照标本。柯切托夫为什么会发生这样的转折？显然不是艺术形式追求变化层面上的事，而是作家的思想。作家思想发生了怎样的变化？是什么东西促成了柯切托夫的这种变化和视点的转移，当时找不到任何可资参考的资料。我唯一能做出判断的是，这既需要强大的思想穿透力，也需要具备思考者的勇气。

到20世纪80年代初，柯切托夫的作品重新出现在新华书店的售书架上，包括曾经作为“高干”内参的《州委书记》。我在从书架上抽出这本小说交款购买的简短过程里，竟然有一种无名的感叹，不过六七年时间，似乎有隔世的陌生而又亲切的矛盾心理。不久又见到《你到底要什么》，柯切托夫直面现实的思考和发问，尖锐而又严峻，令人震撼。这个书名很快在中国普及，且被广泛使用。随后又购买到了《落角》，柯切托夫的变化再一次令我惊讶，无论从思想到艺术形式，几乎让我感觉不到柯切托夫的风格了，有点隐晦，有点象征，更多着迷雾，几乎与之前的作品割断了传承和联系。转折如此之大，同样引起我的兴趣，柯切托夫自己“到底要什么”？尽管我难以做出判断，却清楚地看到一个作家思想、情感以及艺术形态的发展轨迹，早期歌颂英雄的鲜明立场和饱满的情感，转折到对生活里虚伪和丑恶的严厉批判揭露，再到对整个社会和人群发出严峻的质问，“你到底要什么”，一时成为整个社会都无法回避的问题，最后发展到晦涩的《落角》，我都不大读得懂了。自然是作家主体的思想和情感发生了变化，然而是什么东西促成了这种变化，我却无法判断。隐蔽在晦涩文字下的情绪，直接感到那个曾经洋溢着热情闪烁着敏锐思想光芒的柯切托夫可能太累了，且不断定其失望与否。这样一个曾经给我们提供过“参考”样本的作家，死亡时，苏共“党魁”勃列日涅夫亲自参加了他的追悼会，似乎并不计较他对苏联社会的揭露、批判、诘问和某种晦涩的失望。

到 20 世纪 80 年代初，在省作协院子里，出现过一阵苏联文学热。中苏关系解冻，苏联文学作品有如开闸之水，倾泻过来，北京两所外语高校编辑出版了两本专门翻译介绍苏联作家和作品的杂志《苏联文学》和《俄苏文学》，这是空前绝后的事，可见对苏联文学之热不单在我的周围发生，而是一个范围更大的普遍现象。我把这两本杂志连续订阅多年，直到苏联解体杂志停刊，可见对苏联文学的关爱之情。我通过这两本杂志和购买书籍，结识了许多苏联作家。我那时候住在乡下老家，到作家协会开会或办事，常常在《延河》编辑兼作家王观胜的宿办合一的屋子里歇脚，路遥也是这个单身住宅里的常客，话题总是集中到苏联作家和作品的阅读感受上。艾特玛托夫、舒克申、瓦西里耶夫，还有颇为神秘的索尔仁尼琴等等，各自阅读体验的交流，完成了互补和互相启示，没有做作，不见客套，其本质的获益肯定比正经八百的研讨会要实在得多。在大家谈到兴奋时，观胜会打开带木扇的立柜，取出珍藏的雀巢咖啡，这在当时称得上最稀罕最昂贵也最时髦的饮料，犒赏每人一杯，小屋子里弥漫着烟气，咖啡浓郁的香气也浮泛开来。

我感到了面对苏联的历史和现实，不同的作家以不同的思想视角和艺术形态，展示出独立的思维和独立的体验，呈现出独有的艺术风景，柯切托夫属于其中的一景。我开始意识到要尽快逃离同一地域同代作家可能出现的某些共性，要寻求自己独自的生活体验和艺术体验，才可能发出富于艺术个性的独自的声音。真正蓄意明确的一种阅读，发生在此前几年。1978年春天，作为家乡灞河河堤水利会战工程的主管副总指挥，我住在距水不过五十米的河岸边的工房里，在麦秸作垫的集体床铺上，我读到了《人民文学》发表的刘心武的《班主任》。我的最直接的心理反应，用一句话来概括，创作可以当作一项事业来干的时代到来了！我在6月基本搞完这个八华里河堤工程之后，留给家乡一份纪念物，就调动到文化馆去了。我到文化馆上班实际已拖到10月，在一个无人居住的残破的屋子里安顿下来，顶棚塌下来，墙上还留着墨汁写的“文革”口号，“打倒”“砸烂”之类。我用废报纸把整个四面墙壁糊贴了起来，满屋子都是油墨气味，真是书香四溢了。我到文化馆图书馆借书，查封了十余年的图书馆刚刚开禁。我不自觉地抽取出来一本本“文化大革命”前翻译出版的小说。我在泛读的过程中，很自然地把兴趣集中到莫泊桑和契诃夫身上。想来也很自然，我正在练习写作短篇小说，不说长篇，连中篇写作的欲望都尚未萌生。在读过所能借到的这两位短篇大师的书籍之后，我又集中到莫泊桑身上。依我的阅读感觉来看，契诃夫以人物结构小说，莫泊桑以故事结构小说塑造人物；前者难度较大，后者可能更适宜我的写作实际。这样，我就在莫泊桑浩瀚的短篇小说里，选出十余篇不同结构形式的小说，反复琢磨，拆卸组装，探求其中结构的奥秘。我这次阅读历时三个月，大约是我一生中最专注最集中的一次阅读。这次阅读早在我尚未离开水利工地时就确定下来，是我所能寻找到的自我把握的切合实际的举措。我从《班主任》的潮声里，清楚地感知到文学创作复归艺术自身规律的趋势。我以为"文化大革命"期间极左政治和极左的文艺政策，因为太离谱，早已天怒人怨，连普通读者和观众都背弃不信；倒是"文化大革命"前十七年里越来越趋"左"的指导创作的教条，需得一番认真的清理。我那时比较冷静地确认这样一个事实，自从喜欢文学的少年时期到能发表习作的文学青年，整个都浸泡在这十七年的影响之中，关于文学关于创作的理解，也应该完成一个如政治思想界"拨乱反正"的过程。我能想到的措施就是阅读，明确地偏向翻译文本，与大师和名著直接见面，感受真正的艺术，才可能排解剔除意识里潜存的非文学因素。我曾经在十年前的一篇短文里简约叙述过这个过程，应该是我回归创作规律至关重要的一步，应该感谢契诃夫，还有莫泊桑，在他们天赋的智慧创造的佳作里，我才能较快地完成对极左的创作理论清理剔除的过程。到 1979 年春节过后，我的心理情绪和精神世界充实丰沛，洋溢着强烈的创作欲望，连续写下十个短篇小说，成为我业余创作历程中难以忘却的一年。

阅读《百年孤独》也是读书记忆里的一次重要经历。我应该是较早接触这部大著的读者之一。在书籍正式出版之前，朋友郑万隆把刊载着《百年孤独》的《十月·长篇专刊》赐寄给我。我在 1983 年早春参加中国作协在河北涿州召开的“农村题材创作研讨会”期间，看到万隆正在校对《百年孤独》的文稿，就期盼着先睹这部刚刚获得诺贝尔文学奖的新世界文学名著。一当目触奥雷连诺那块神秘的“冰块”，我就在全新的惊奇里吟诵起来。我在尚不完全适应的叙述形式叙述节奏里，却十分专注地沉入一个陌生而神秘的生活世界和陌生而又迷人的语言世界。恕我不述这部在中国早已普及的名著初读后的诸多感受，这里只用一个情节来概括。1985 年夏天，省作协在延安和榆林两地连续召开“长篇小说创作促进会”，我有几分钟的最简短的发言，直言阅读《百》著的感受，大意是，如果把《百》比作一幅意蕴深厚的油画，我截至目前的所有作品顶多只算是不大高明的连环画。我的话没有形成话题，甚至没有任何反应，甚至产生错觉，以为我有矫情式的过分自贬。我也不再继续阐释，却相信这种纯粹属于自我感觉所得出的自我把握。这次阅读还有一个不期而至的效果，就是使我把眼睛和兴趣从苏联文学上转移了。

我关注有关拉美魔幻现实主义的作家和作品，尤其是介绍或阐释魔幻现实主义的资料。我随后在《世界文学》上，看到魔幻现实主义的开山大师卡朋铁尔篇幅不大的长篇小说《王国》，据介绍说这是魔幻现实主义的首创之作。同期配发了介绍卡朋铁尔创作道路的文章，我才对魔幻现实主义的创立和发展有了一个较为清晰的脉络。据说《王国》之前拉丁美洲尚无真正创造意义的文学，没有在世界上引起关注的作品和作家。《王国》第一次影响到欧洲文学界，是以其陌生的内容更以其陌生的形式引起惊呼，无法用以往的所有流派和定义来归纳《王国》，有人首创出“神奇现实主义”一词概括，且被广泛接受。《王国》引发了拉丁美洲文学新潮，面对一批又一批新作品新作家的潮涌，欧美评论界经过几年的推敲，弄出一个“魔幻现实主义”的词语，似乎比“神奇”更能准确把脉这一地域独具禀赋的作品特质。

对我更富启示意义的是卡朋铁尔艺术探索的传奇性历程。他喜欢创作之初，就把目光紧盯着欧洲文坛，尤其是现代派。他为此专程到法国，学习领受现代派文学并开始自己的写作，几年之后，虽然创作了一些现代派作品，却几乎无声无响，没有引起任何人的注意。他在失望至极时决定回国，离去时有一句名言：在现代派的旗帜下容不得我。他回到古巴不久，就专程到海地“体验生活”去了。据说他选择海地的根本理由，是因为海地是拉丁美洲唯一一个保持着纯粹黑人移民的国家。他在那里调查研究黑人移民的历史，当然还有现实生存形态。他在海地待了几年时间我已无记，随后他就写出了拉丁美洲第一本令欧美文坛惊讶的小说《王国》。我只说这个人对我启示最深的一点，是关于我对乡村生活的自信被击碎了。我的生活史和工作历程都在乡村，直到读卡朋铁尔的作品，还是在祖居的老屋里忍受着断电点着蜡烛完成的。我突然意识到，我连未见过面的爷爷以及爷爷的兄弟们的名字都搞不准确，更不要说再往上推这个家庭的历史了，更不要说爷爷们曾经在我现在居住的这个屋院里的生活秩序了，我在家乡农村教书和在公社（乡）工作整整二十年，恰好在改革开放之前和之后，我一直自信对新中国成立以后乡村经历的欢乐和灾难的全过程的了解和感受，包括我的父亲从自家槽头解下缰绳，把黄牛牵到初级农业合作社里将一孔废弃的窑洞改装成的饲养大槽上。这时，才意识到对于企图从农村角度述写中国人生活历程的我来说，对这块土地的了解太浮泛了。也是在这一刻，我突然很懊悔，在“文化大革命”之初破“四旧”烧毁族谱时，至少应该将一代又一代祖宗的名记抄写下来，至少应该在父亲谢世之前，把他记忆里的祖辈们的生活故事（哪怕传闻）掏挖出来。我随之寻找村子里几位年龄最高的老者，都说不清来龙去脉，只有本门族里一位一字不识的老者，还记得他儿时看见过的我的爷爷的印象，高个子，后脑上留着刷刷（从板刷得到的比喻，剪辫子的残余）头发，谁跟外村人犯了纠葛，都请他出面说事；走路腰挺得很硬，从街道上走过去，在门口敞怀给娃喂奶的女人，都吓得转身回屋去了。这是他关于我爷爷的全部记忆里的印象，也是我至今所能得到的唯一一个细节。这个细节从听到的那一刻，就异常活跃地冲撞我的情感和思维，后来就成为我的长篇小说《白鹿原》主要人物白嘉轩的一个体形表征，尽管那时候还没有这部小说的构想。

几乎与此同时，中国文坛呈现出“寻根文学”的鲜活生机。我不敢判断这股文学新潮是否受到拉美文学爆炸的启示或影响，我却很有兴趣地阅读“寻根文学”作品，尽管我没有写过一篇这个新流派的小说。我后来很快发现，“寻根文学”的走向是越“寻”越远，“寻”到深山老林荒蛮野人那里去了，民族文化之根肯定不在那里。我曾在相关的座谈会上表述过我的遗憾，应该到钟楼下人群最稠密的地方去“寻”民族的根。我很兴奋地处在20世纪80年代中期的文坛里，多种流派交相辉映，有“各领风骚一半年”的妙语概括其态势。其中有一种“文化心理结构”的创作理论，使我茅塞顿开。人是有心理结构的巨大差异的。文化决定着人的心理结构的形态。不同种族的生理体形的差异是外在的，本质的差异在不同文化影响之中形成的心理结构的差别上；同种同族同样存在着心理结构的截然差异，也是文化因素的制约。这样，我较为自然地从性格解析转入人物心理结构的探寻，对象就是我生活的渭河流域，这块农业文明最早呈现的土地上人的心理结构，有什么文化奥秘隐藏其中，我的兴趣和兴奋有如探幽。卡朋铁尔进入海地，“寻根文学”和“文化心理结构”创作理论，这三条因素差不多同时影响到我，我把这三个东西综合到一起，发现有共通的东西，促成我的一个决然行动，去西安周边的三个县查阅县志和地方党史文史资料，还有不经意间获得的大量的民间逸事和传闻。那个长篇小说的胚胎渐渐生成，渐渐发育丰满起来，我感到真正寻找到“属于自己的句子”了。

我并不以卡朋铁尔从欧洲现代派旗帜下撤退的行动，作为拒绝了解现代派艺术的证据。现代派艺术肯定不适宜所有作家。适宜某种艺术流派的作家，会在那个流派里发挥创造智慧；不适宜某种艺术流派的作家，就会在他清醒地意识到不适宜时逃离出去，重新寻找更适宜自己性气的艺术途径。这是作家创作发展较为普遍的现象。海明威把他的艺术追求归纳为一句话，说他一生都在“寻找属于自己的句子”。这个“句子”自然不能等同于叙述文字里的句子。既然是“一生”，就会有许多次，我们习惯用一次新的成功的探索或突破来表述这个过程和结果。卡朋铁尔到海地“寻找”到了真正“属于自己的句子”，开创了拉美文学新的天地，以至发生爆炸，以至影响到世界文坛。今天坦白说来，《王国》我读得朦朦胧胧，未能解得全部深奥，也许是生活距离太大，也许“神奇”的意象颇难解读，也许翻译的文字比较晦涩。我的最重要的启示在于卡朋铁尔扎到海地去的行动，即他“寻找属于自己的句子”时富于开创意义的勇气，才是我的最有教益的收获。未必也弄出“人变甲虫”的蠢事来。

在昆德拉热遍中国文坛的时候，我也读了昆德拉被翻成中文的全部作品。我钦佩昆德拉结构小说举重若轻的智慧。我喜欢他的简洁明快里的深刻。这是“寻找到属于自己的句子”的又一位成功作家。我不自觉地把《玩笑》和《生命中不能承受之轻》对照起来。这两部杰作在题旨和意向所指上有类近的质地，然而作为小说写作却呈现出决然不同的艺术气象，我习惯从写作的角度去理解其中的奥秘，以为前者属于生活体验，后者已经进入生命体验的层面了。我在这两本小说的阅读对照中，感知到从生活体验进入生命体验，对作家来说，有如由蚕到蛾羽化后的心灵和思想的自由。

（此文系翻译小说阅读记忆）

白鹿回到白鹿原

经过两年多时间的筹备，我们终于迎来了今天这个喜庆的日子，坐落于白鹿原上的白鹿书院成立了。今天有这么多的作家、艺术家、专家、学者和朋友，以及关心热爱文化发展的各级领导来参加我们白鹿书院的成立庆典，特别是从维熙、张贤亮、熊召政、张日凯等几位远道而来的朋友来参加这个庆典仪式，我感到非常高兴，我在这里向各位表示诚挚的谢意！

我在长篇小说《白鹿原》里曾写到一个书院，这个书院就叫白鹿书院。小说是虚构的艺术。《白鹿原》中的人物大都是虚构的，唯有白鹿书院的山长朱先生是有生活原型的，就是清末举人、著述甚丰的学人、影响很大的蓝田人牛兆濂。白鹿书院也有真实生活依托，就是牛兆濂先生当时主持的蓝田县的芸阁学舍。如果要追溯芸阁学舍的文化脉络，渊源可以追溯到宋代，芸阁学舍是在为宋代“关学”代表人物吕大忠、吕大防、吕大均、吕大临所修“四献祠”的基础上，拓修为传道授业解惑的书院，鼎盛一时，曾有韩国留学生在此学习。2002 年，我和几位学者讨论一些问题时，有学者建议，可以在白鹿原上创建一个白鹿书院，承继中华文化的脉络，弘扬其优秀品格。创建白鹿书院的构想得到了社会各方人士的热心赞赏，西安思源学院周延波院长更是大力赞同积极支持，白鹿书院从而由构想变成了现实，白鹿终于回到了白鹿原上。

在我们传统文化乃至民族心理意识里，白鹿是吉祥、和谐、纯洁、美好和超凡的一种象征性图腾，上至王宫下至庙堂乃至民居宅院都有鹿的各种生动壁画和雕刻。以白鹿来命名书院，就是想创造一种和谐纯净的学术探讨和文化研究氛围，这种和谐与探究的精神与我们所要创造和谐社会的精神是一致的。

书院是教育和学术研究机构，同时它又是一种文化和精神的象征。我们办白鹿书院，第一，承继中国传统文化精华和风神秀骨，以白鹿书院为平台，广泛团结、联系国内外的学者、评论家和作家开展游学、讲学、讨论等交流活动，让传统文化在现代化进程中焕发生机。白鹿书院诞生在古长安这块具有深厚文化底蕴的土地上，我们将会开掘源远流长的关中文脉、关学精神，探索促进传统文化向现代转型的新途径。第二，我们现有的这些人差不多都是从事文学和艺术创作和研究的人，文学和艺术只是大文化范畴里的一系，文学、艺术与社会、历史和人的生存形态，有非常紧密的关联，但只是一条途径，因此，书院的研究课题将对现实问题和人类普遍面临的问题，既从文学和艺术的角度，也从思想理论的角度，以及学术的角度进行研究和探讨，争取对我们的生活发展做出富于建设性的建树。第三，白鹿书院还会以文学和艺术为其特色，藏书、编书、教书，研讨、交流，从而对陕西、对西部乃至全国的文学事业发生影响，为促进和繁荣文学事业起到促进作用。

我们逐步开办白鹿书院网站，与陕西以及西北的文科大学联手，整合研究资源，确定研究议题，共同进行学术研究，争取与国内外文学界、学术界进行高层对话，让白鹿书院办成思想、文化交流的一条途径。

西安思源学院是中国十大万人著名民办高校，很有影响。白鹿书院依托思源而建，对双方都很有利。湖南有个岳麓书院，宋代理学家朱熹曾在那里讲过学，目前这所书院已是湖南大学的一部分，因而使湖南大学成了千年学府，提高了知名度。同样，办好了白鹿书院，将与思源学院互相促进，相得益彰。

我希望，白鹿书院能办成一个萃集各界贤达优秀思想的地方，一个能传承优秀的中国文化和传播时代新声的地方。

陷入与沉浸

我至今依旧清楚无误地记着，《延河》是我平生最早闻名的第一种文学杂志。 这是五十年前的事了。 五十年前的一个大雪初霁的早晨，我和同学正在操场上扫雪，语文老师站在身后叫我，让我到语文教研室去。 我开始有点忐忑，此前曾因为他对我的一篇作文的评语闹过别扭，所以心存戒备。 走出扫雪的人窝，老师把一只胳膊搭到我的肩膀上，这个超常超级亲昵的动作，顿然化释了我的小心眼里的芥蒂，却也被骤然潮起的受宠惊慌得不知所措。

到了一楼的语文教研室。 刚进门，我的语文老师车老师以玩笑的口吻宣布：“二两壶来了”。 教研室里五六位男女教师哄笑起来。 我有点手足无措。 “二两壶”是我在作文本上写的一篇小说里的一个人物的绰号。 我的语文老师车老师把我领到他的办公桌前，颇动情地告诉我，西安市教育系统搞中学生作文比赛，每个学校推荐两篇作文，我的这篇小说被选中了。 末了，他很诚恳地说，除了参评，他还要把这篇小说投稿给《延河》。 他告诉我两点，如果能发表，会有稿费的，他显然知道我因家庭经济不支而休学的事。他说投稿由他来抄写，“你的字写得不行”。我由此知道了《延河》。这是初中二年级第一学期的一个大雪的早晨。

《延河》又是我掏钱购买的第一种文学杂志。这也是近五十年的事了。1959 年春天，我得知柳青的《创业史》将在《延河》连载，竟然有一种按捺不住的兴奋和期待，自然属于对一位著名作家的膜拜，更多的因素是出于某种揭秘式的好奇心理。我已经听说柳青在终南山下的长安农村深入生活的事。我常常站在学校大门外刚刚返青的麦地边上，眺望白云凝然的终南山峰，柳青无疑是世界上离我最近的一位作家，不过几十华里的距离吧。他的笔下将会使关中乡村呈现怎样一种风貌？这无疑是我所能读到的第一部描写我脚下这块土地的小说，新鲜新奇的神秘感几乎是无法抑制的。

我读书到初中三年级，转学到了离家较近的西安东郊刚刚兴起的纺织工业基地，通称纺织城，学校设在大片住宅楼东边一片开阔的高地上，校门口便是庄稼地。我仍然继续着背馍上学的生活，硬是把家里给的买咸菜的零钱省下来攒起来，到纺织城邮局去买一本当月出版的《延河》。记得《创业史》在《延河》连载的第一期，书名为《稻地风波》，有通栏长幅插图作为衬底，是诗情画意的稻田畦埂和灌渠上一排排迎风摆动的白杨树，远处的背景是淡墨涂描的终南群峰。看到这幅题头画儿，我印证的却是我家门前灞河川道的自然景致，从未见过有什么画儿让我感到如此逼近的真实和亲切。同样，我读着作为《稻地风波》（即《创业史》）引子的《题记》时的完全沉迷，也是此前读任何小说都未曾发生过的逼近的真实和真切，且不说艺术成就的评价，我一个初三学生也难得估价这部作品的分量，而真实和真切的阅读感受却是比任何世界名著都强烈。

这样，我每月头上最操心也最兴奋的事，就是捏着积攒下来的两毛钱走进邮局，买一本新出的《延河》，无异一个最开心的节日。我在《延河》上认识了诸多当时中国最活跃的作家和诗人，直到许多年后，才在一些文学集会上得以和他们握手言欢，其实早已心仪着崇敬着乃至羡慕着了。

像茹志鹃的《百合花》，吴强的《红日》选章，王汶石的许多短篇，不仅在文学史上占有举足轻重的位置，更在普通读者中享有盛誉。尤其是茹志鹃和吴强的两篇（部）佳作，据说辗转过好几家编辑部都被退稿，均不是作品的水平问题，而是作品情调或写法有什么问题。《延河》敢于拍板发表，不单是胆子大小的事，恰是对文学创作艺术本体的尊重和坚守，以及由此而拥有的自信和神圣。

《延河》已成为大家名作云集的一方艺术天地。我在喜欢它的同时，也产生了畏怯心理，可望而不可即的文学高地。此后十余年的业余创作时日里，我一次也没有往《延河》编辑部里投过稿。我的自我把握是尚不够格，《延河》在我心里业已形成的那个高格。尽管我已经在西安的报纸上发表了七八篇散文。直到 1972 年的冬天，徐剑铭把我的一篇散文推荐给编辑路萌、董得理，我才走进了《延河》的门槛。

这年接到徐剑铭一封信，告诉我一个重要消息，“文化大革命”中被砸烂的陕西作家协会（当时称中国作家协会西安分会）恢复工作，为避“四旧复辟”之嫌，改为陕西省文艺创作研究室。出于同样的顾虑，即将复刊的《延河》也改名为《陕西文艺》。徐剑铭还告诉我，他刚刚参加过由《陕西文艺》召集的一次西安地区业余作者座谈会，希望大家给刊物写稿，并推荐工人农民解放军（工农兵）新作者。那时候，许多著名作家被打倒，有的未被“解放”，有的虽被“解放”了，仍心存余悸，无法进入创作，刊物主要靠业余的“工农兵”作者写稿。徐剑铭在“文革”前已是西安地区卓有影响的工人身份的诗人。他说他向董得理、路萌等编辑推荐了我，两人均表示毫不知晓。他说他同时推荐了我刊登在《郊区文艺》上的一篇散文《水库情深》，而且由他剪贴下来送到编辑部。我很感动。这种热心和无私给我以永远动人的记忆。

大约是1971年“林彪叛逃事件”之后，极左到无以复加的“文革”有所收敛，政策也有所调整，体现在文艺界，开始恢复文艺机构和文艺创作。我所在的西安郊区，由文化馆召集本区内的业余文学作者开会，创办了《郊区文艺》自编自印的文学刊物。我和郊区一帮喜欢创作的朋友兴奋不已，写作热情不必说了，而且到印刷厂里亲自做校对。我的散文《水库情深》就刊登在《郊区文艺》创刊号上。我尚不知身居城区的剑铭竟然看到了这本内部交流刊物，而且力荐给即将创刊的《陕西文艺》（即《延河》）。

时隔不久，接到《陕西文艺》编辑部的一封信，内装我的散文《水库情深》，是发在《郊区文艺》上的剪贴样稿，在边角上用红笔修改勾画了一片红色。我当时刚刚从村子里下乡回到公社机关，看了附信，得知此稿将在《陕西文艺》创刊号发表，下乡一天的劳累烟飞云散了，饥肠辘辘的感觉也消失了，兴奋得令人慌乱的情绪，竟使我无法坐下来阅读修改的文字。直到晚饭后，我才能静下心来把这篇习作再读一遍，尤其是那些用红笔修改的字句，细细嚼磨，反复推敲，求得启示。

之后两三天，我借着到郊区开会进城之机，顺便送去了修改稿。陕西省文艺创作研究室和《陕西文艺》编辑部，在东木头市那条巷子里。怀着诚惶诚恐却也兴奋的心情走进院子，问到一间屋子，便看见了董得理和路萌，说过几句很诚恳的见面话之后，董得理离开了，由路萌和我谈稿子。我这时才得知，用红笔勾画修改过习作的人，就是和我当面坐着的这个名叫路萌的编辑。他很客气。他很和悦。他很谦逊。他长得细皮嫩脸，文质彬彬又热情洋溢。他最像个文人……我进了早就仰慕着的《延河》的大门了。

1973 年春天，我到位于纺织城的西安郊区党校参加为期一月的“学习班”。我在公社机关工作已经五年，对关中乡村生活和农民世界开始有初步了解。我的工作，除了参加会议，多是跑在或住在生产队里，很少有相对安定和清闲的日子，这次长达一个月的有规律的作息时间的日子，对我来说简直称得上享受了。就是在这期间，我利用早起的时间，或是晚上看电影的机会，躲开大厅通铺的人，写成了我平生的第一个短篇小说《接班以后》，中学作文本上的小说除外。这篇小说从字数上来说具有突破的意义，接近两万字，是我结构故事完成人物的一次自我突破。我记不清是用信寄到《陕西文艺》编辑部，抑或是亲自送去的，只记得时隔不久，便收到董得理用很富功力的毛笔字写下的长信，对这篇小说完全肯定，多有赞美的评语，而且似乎说到编辑们传阅过程中的热烈反应，信末约我到编辑部交换一些细节处理的意见。我同样利用到城里开会的机会，第二次走进东木头市《陕西文艺》编辑部的大门。这回是董得理和我谈稿，我似乎能觉察到他在刊物编辑部负有重要责任。他很兴奋，完全是对他喜欢的一篇小说由衷的兴致。他也很严谨，对小说的细部包括不恰当的字词都谈到了。他又很坦率，谈到真正的文学和当时流行的“假大空”文艺的区别，我更感动他的胆识和真诚，第一次谈话就敢说对“假大空”类文艺的不恭之词。

这篇小说在《陕西文艺》第三期上发出来了。我看到题头上配着一幅神采飞扬的人物肖像画儿，是现在的西安国画院院长王西京的作品。王西京当年供职《西安日报》美术编辑，已经崭露出画画儿的头角。小说发表后产生了广泛影响。编辑部把这期杂志送给柳青。关于柳青对《接》的反应，我却是从《西安日报》文艺编辑张月赓那里得到的。老张告诉我，和他同在一个部门的编辑张长仓，是柳青的追慕者，也是很得柳青信赖的年轻人。张长仓看到了柳青对《接》修改的手迹，并拿回家让张月赓看。我在张月赓家看到了柳青对《接》文第一节的修改本，多是对不大准确的字词的修改，也划掉删去了一些多余的赘词废话，差不多每一行文字里都有修改圈画的笔迹墨痕。我和老张逐个斟酌掂量那些被修改的字句，接受和感悟到的是一位卓越作家的精神气象，还有他的独有的文字表述的气韵，追求生动、准确、形象的文字的“死不休”的精神令我震惊。这应该是老师对学生的一次作文辅导，铸成我永久的记忆。今天想来颇感遗憾的是，那时候没有复印设备，这本经柳青修改的刊物，在我看过之后就被张长仓收回了，据为珍藏。

新创刊的《陕西文艺》，很快聚拢起一批青年作家。不过，那时候没有谁敢自称作家，也没有他称作家，他称和自称都是作者，常常还要在作者名字之前标明社会身份，如工人作者、农民作者、解放军作者等等，自然是为区别于“文艺黑线”，表明“工农兵”占据了文艺阵地。邹志安、京夫、路遥、贾平凹、李凤杰、韩起、徐岳、王晓新、王蓬、谷溪、李天芳、晓雷、闻频、申晓等，先后都在《陕西文艺》上崭露头角，进行了最初的文学操练，到“四人帮”垮台，这些人呼啸着呐喊着跃出，一个个都成为荒寂十年后的文坛上耀眼的新星，形成中国文坛令人瞩目的陕西青年作家群。1981 年，中国作协选定湖南和陕西，作为新时期中国南北两个形成作家群体的省份交流经验，陕西乡党阎纲受《文艺报》委托回陕调研，我参加了座谈会。湖南青年作家到陕访问，陕西青年作家却未能按时回访，原因是我等家住农村，夏收需回家割麦碾场。我仍然觉得，改为《陕西文艺》的《延河》不过三四年，上有极左的政治和文艺政策铺天盖地，包括我等业余青年作者受到束缚局限的同时，也受到“三突出”的不同程度的影响，然而有一批深谙艺术规律的编辑，如董得理、王丕祥、路萌、贺抒玉本身又是作家，他们实践着教导着也暗示给这些作者的是文学创作的本真。在《陕西文艺》存在的三四年里，我写作发表过三篇短篇小说，也是我写作生涯里的前三篇小说，1973 年发《接班以后》，1974 年发《高家兄弟》，1975 年发《公社书记》，一年一篇。这些作品的主题和思想，都在阐释阶级斗争这个当时社会的“纲”，我在新时期之初就开始反省，不仅在认识和理解社会发展的思想理论上进行反思，也对文学写作本身不断加深理解和反思。然而，最初的写作实践让我锻炼了语言文字，锻炼了直接从生活掘取素材的能力，也演练了结构和驾驭较大篇幅小说的基本功，这三篇小说都在两万字上下，单是结构对我来说都是一种突破。

还有一点至今值得总结，就是我对作家这种劳动的理解。我后来把我对文学的偏爱和对创作的坚持，归结为一根对文字敏感的神经，以此作为对神秘的天分说的物质化解释。是这根与生俱来的对文字敏感的神经，决定着一个人从少小年纪就对文字发生偏爱，发生兴奋性的敏感，与书香门第以及奶奶的动人的歌谣无关，或者说这些书香家庭或会唱歌谣的奶奶，只对具备那根神经的人才发生影响，才起促进促成的作用。在20世纪70年代我写作上述那几篇作品的时候，实际是我对文学创作最失望的时候，自然是“文革”对前辈作家的残害造成的。我当时已谋得最基层的一个干部岗位，几乎不再想以写作为生的事，更不再做作家梦了。写作当不了饭吃，尽管发了几篇颇有反响的小说，董得理奖励给我的是一摞又一摞稿纸。我回到公社几乎只字不提写作的事，发了我小说的刊物压在桌斗里，从来不让公社机关任何人看见，怕给领导和同志造成不务正业不操心“学大寨”本职工作的恶劣印象。事实上，这三篇小说都不是在公社大院里写成的。《接》在党校学习期间抽空写成。《高》又是在南泥湾“五七”干校劳动锻炼的半年时间里写成，为此我自己买了一盏玻璃罩煤油灯，待同一窑洞的另三位干部躺下睡着，干校统一关灯之后，我才点燃自备的油灯读书和写作。读的是《创业史》，翻来覆去读；写成了《高》文。《公》则是被文化馆抽调出去工作时间的副产品。那个时候不仅没有稿酬，还有一根极左的棒子悬在天灵盖上，朋友、家人问我我也自问，为啥还要写作？我就自身的心理感觉回答：过瘾。这个“过瘾论”是我的最真实感受，也是最直白的表述。有如烟瘾，一年写一篇小说，有幸发表了，再得到编辑几句夸奖和读者的呼应，那个“瘾”就过得很舒适。许多年后，创作有了发展，对创作这种劳动的理解也有了新的层面的体验，也才明白那个“瘾”原是敏感文字的那根神经致成的。当年把写作当作“过瘾”的时候，只是体验和享受一种生命能量释放过程里的快乐和自信，后来发生的名和利的薄了厚了多了寡了是根本料想不到的。

新时期伊始，《延河》又恢复了。这自然不单是一个名字的改写，而是中国社会发展过程中一个重要的历史性转折，包括文学艺术，属于文学自身的精神和规律，重新得以接续、传承和发展。新时期恢复的《延河》，我发表的第一篇小说是短篇《南北寨》，此后每年大约都要发表一篇或两篇小说，统共发过多少篇已经记不清了，是我发表小说最多的一种文学杂志，却是确定无疑的。

到 20 世纪 80 年代初，我调进陕西作协专业创作组，以我自己的审视和把握，索性回到祖居的老家，其中最主要的原因是集中思想的注意力，充分利用中年后的后半生读书和写作。每隔十天半月，我就会来作协，开会或买煤买粮，只安着一张桌子一张床的两室的房子，我往往懒得开锁进门。开会办事的间隙，我都滞留转悠在编辑部的小院里，和老编辑聊天，更和年轻的或同龄的朋友天上地下乱扯胡谝，往往获得一些新鲜的信息和文坛动态，得到启迪。印象最深的是王观胜的兼着卧床的办公室，常是畅所欲言十分放纵的场所，路遥似乎是常客。聊到开心时，王观胜会打开立柜的木扇，取出某位作者进贡的高级咖啡，赐尝每人一杯，满屋子飘荡着令人陶醉的香气儿，路遥们的谈锋就会更幽然睿智。直到我告辞出门准备回乡下时，观胜送出门时才撂出一句：“给咱得空再弄一篇（小说）。”文学的氛围，朋友的坦诚无忌和咖啡清茶的香味弥漫在记忆里。还有李星那半间凌乱不整的办公室，常是我聆听文学新潮的气象站。

人生苦短，生命有限。创办《延河》的陕西第一代作家和编辑，有的年事已高，有的已经谢世。接替的一茬一茬主编和编辑，也一茬接一茬卸任。无论开创《延河》的先辈，无论接任又卸任的同辈，他们崇高的文学理想实践在《延河》里，他们各自独立的创造精神体现在《延河》上，他们为一代一代作家的成长和发展默默地躬耕在《延河》这块土地里。我以自己一个作家的真诚，向胡采们董得理们致敬。我向卸任的白描们、徐岳们和徐子心们致以真诚的问候，你们为《延河》的发展付出的智慧和心血，作为一个受益的同代作家的我，也铭记着。我更满怀信心寄望于新任主编常智奇们，《延河》将成为陕西新一代作家发展壮大的沃土和福地。

（此文系《延河》创刊五十年感怀）

父亲的树

又有两个多月没有回原下的老家了。离城不过五十华里的路程，不足一小时的行车时间，想回一趟家，往往要超过月里四十的时日，想来也为自己都记不清的烦乱事而丧气。终于有了回家的机会，也有了回家的轻松，更兼着昨夜一阵小雨，把燥热浮尘洗净。也把心头的腻洗去。

进门放下挎包，先蹲到院子拔草。这是我近年间每次回到原下老家必修的功课。或者说，每次回家事由里不可或缺的一条。春天夏天拔除院子里的杂草，给自栽的枣树柿树和花草浇水；秋末扫落叶，冬天铲除积雪，每一回都弄得满身汗水灰尘，手染满草的绿汁。温习少年时期割草以及后来从事农活儿的感受，常常获得一种单纯和坦然，甚至连肢体的困倦都是另一番滋味的舒悦。

前院的草已铺盖了砖地，无疑都是从砖缝里冒出来的。两月前回家已拔得干干净净。现在又罩满了，有叶子宽大的草，有秆子颇高的草，有顺地扯蔓的草，吓得孙子旦旦不敢下脚，只怕有蛇。他生在城里，至今尚未见过在乡村土地上爬行的蛇，只是在电视上看过。他已经吓得这个样子，却不断问我打过蛇没有，被蛇咬过没有。乡村里比他小的孩子，恐怕没有谁没见过蛇的，更不会有这样可笑的问题。我的哥哥进门来，也顺势蹲下拔草，和我间间断断说着家里无关紧要的话。我们兄弟向来就是这样，见面没有夸张的语言行为，也没有亲热的动作，平平淡淡里甚至会让生人产生其他猜想，其实大半生里连一句伤害的话从来都没有说过，更谈不到脸红脖子粗的事了。世间兄弟姊妹有种种相处的方式，我们却是于不自觉里形成这种习惯性的状态。说话间不觉拔完了草，堆起偌大一堆，我用竹笼纳了五笼，倒在门前的场塄下，之后便坐在雨篷下说闲话，懒得烧水，幸好还有几瓶啤酒，当着茶饮，想到什么人什么事，有一搭没一搭地聊着。还有一位村子里的兄弟，也在一起喝着扯着闲话。从雨篷下透过围墙上方往外望去，大门外场塄上的椿树直撑到天空。记不清谁先说到这棵树，是说这椿树当属村子里现存的少数几棵最大的树，却引发了我的记忆，当即脱口而出，这是咱伯栽的树。这话既是对哥说的，也是对那位弟说的。按当地习俗，兄弟多的家族，同一辈分的老大，被下辈的儿女称伯，老二被称爸，老三老四等被称大。有的同一门族的人丁超常兴旺，竟有大伯二伯三伯大爸二爸三爸和大二大三大到八大的排列。这里的乡俗很不一般，对长辈的称呼只有一个字，伯、爸、大、叔、妈、娘、姨、舅、爷等，绝对没有伯伯、爸爸、大大、妈妈、娘娘、姨姨、爷爷、舅舅等的重复啰唆……我至今也仍然按家乡习惯称父亲为伯。父亲在他那一辈本门三兄弟里为老大，我和同辈兄弟姐妹都叫一个字：伯。如此说来，这文章的标题该当是：伯的树。

我便说起这棵椿树的由来。大约是“三年困难”最困难的1960年或是1961年，我正上高中，周日回到家，父亲在生产队出早工回来，肩上扛着镢头。手里攥着一株小树苗。我在门口看见，搭眼就认出是一株椿树苗子。坡地里这种野生的椿树苗子到处都有，那是椿树结的荚角随风飘落，在有水分的土壤里萌芽生根，一年就可以长到半人高的树秧子。这种树秧如长在梯田塄坎的草丛中，又有幸不被砍去当柴烧，就可能长成一棵大椿树；如若生长在坡地梯田里，肯定会被连根挖除晒干当作好柴火，怕其占地影响麦子生长。父亲手里攥着的这根椿树苗子是一个幸运者，它遇到父亲，不是被扔在门前的场地上晒干了当柴烧，而是要郑重地栽植，正经当作一棵望其成材的树了，进入郑重的保护禁区了：也自这一刻起，它虽是普通不过平凡不过的一种树，却已经有主了，就是父亲。父亲给我吩咐，你去担水。他说着就在我家门前的场塄边上挖坑。树只是个秧儿，无须大坑，三镢头两铁锨就已告成，我也就没有要替父亲动手，而是按他的指令去担水。那时候我们村里吃的是泉水，从村子背后的白鹿原北坡的东沟流下来，清冷冷的，干净无染。泉水在村子最东头，我家在村子顶西边，我挑一回水，最快也需半小时。待我挑水回来，父亲早已挖好坑儿，坐在场塄边儿上抽旱烟。他把树苗置入一个在我看来过大的土坑里。我用铁锨铲土填进坑里，他把虚土踩踏一遍，让我再填，他再踩踏。他教我在土坑外沿围一圈高出地面的土梁，再倒进水去。我遵嘱一一做好，看着土坑里的水一层一层低下去，渗入新填的新鲜土坑里，成活肯定是毫无一丝疑义。父亲又指示我，用酸枣刺棵子顺着那个小坑围成一圈栽起来，再用铁丝围拢固定，恰如篱笆，保护小椿树秧子，防止猪拱牛抵羊啃娃娃掐折。我从场边的柴堆上挑选出一根一根较高的业已晒干的酸枣棵子（这是父亲平时挖坡顺手捡回来的），做着这项防护措施。父亲坐在地上抽烟，看着我做。我却想到，现在属于父亲领地的，除了住房的庄基，就是这块附属于庄基地门前的这一小片场地了，充其量有二厘地。下了这个场塄，就是统归集体的土地了。父亲要在他可以自主掌控的二厘场地上，栽种一棵椿树。

我对父亲的一个尤为突出的记忆，就是他一生爱栽树。他是个农民，种玉米种麦子务弄棉花是他的本职主业，自不必说，而业余爱好就是栽树。我家在河川的几块水地，地头的水渠沿上都长着一排小叶杨树。水渠里大半年都流淌着从灞河里引来的自流水，杨树柳树得了沃土好水的滋养，迎着风如手提般长粗长高。随意从杨树或柳树上折一根枝条，插到渠沿的湿泥里，当年就长得冒过人头了，正如民间说的“三年一根椽，五年长成檩”的速度。20 世纪 50 年代中期以前，我的父亲就指靠着他在地头渠沿培植的这些杨树，供给先后考上高小和初中的哥和我的学杂费用。那时的小学高年级。我都是住宿搭灶的学生。父亲把杨树齐根斫下来。卖了椽子，七八毛钱一根，再把树根刨出来，剁成小块。晒干，用两只大老笼装了，挑过灞河，到对岸的油坊镇上去卖，每百斤可卖一块至一块两毛钱。我至死都不会忘记 50 年代中期的这两项货物——椽子和木柴的市场价格。无须解释原因，它关涉我能否在高小和初中的课堂上继续坐下去。父亲在斫了树干刨了树根的渠沿上，当即就会移栽或插下新的杨树秧或树枝，期待三年后斫下一根椽子卖钱。父亲卖椽卖柴供两个儿子念书的举动无意间传开，竟成为影响范围很宽的事。直到现在，我偶尔遇到一些同里乡党，见面还要感叹几句我父亲当年的这种劳动，甚至说“你伯总算没有白卖树卖柴”的话。不久，农村实行合作化以后，土地归集体，父亲也无树根可刨了。我就是在那一年休了学，初中刚念了一个学期。不过，我那时并不以为休学有多么严重，不过晚一年毕业而已，比起班上有些结婚和得了儿女的同学，我是年龄最小的一个。这是新中国成立后才获得念书机会的乡村学生的真实情况，结婚和生孩子做父母的初一学生每个班都有几个，不足为奇。

我在每个夏天的周日从学校回到家中，便要给父亲的那棵椿树秧子浇一桶水。这树秧长得很好，新发出的嫩枝竟然比原来的杆子还粗，肯定是水肥充足的缘由。某一个周六下午我回家走到门口，一眼望见椿树苗新冒出的嫩枝折断了头，不禁一惊，有一种心疼的惋惜，猜想是被谁撞折了，或被哪个孩子掐折了。晚上父亲收工回来吃晚饭时，说是一个七八岁的骚娃（调皮捣蛋的娃）用弹弓打断的。父亲说，娃嘛！就是个骚娃喀，用弹弓耍哩瞄准哩，也不好说他啥。后来就在断折处，从东西两边发出两枝新芽来，渐渐长起来。我曾建议父亲，小树不该过早分杈，应该去掉一枝，留下一枝才能长高长直。父亲说，先不急，都让长着，万一哪个骚娃再折掉一枝，还有一枝。父亲给骚娃们留下了再破坏的余地，我就不仅仅是听从了，还有某点感动。再说这椿树秧子刚冒出来便遭拦头折断的打击，似乎憋了气，硬是非要长出一番模样来，从侧旁发出的两根新芽更见茁壮，眼见着拔高，竞相比赛一般生机勃勃。父亲怕那细杆负载不起茂盛的叶子，一旦刮风就可能折断，便给树干捆绑一根立杆，帮扶着它撑立不倒不折。这椿树便站立住了。无意间几年过去，我高考名落孙山回乡当了民办教师，为生活为前程多所波折，似乎也不太在意它了，这椿树已长得小碗粗了。小碗粗的椿树已经在天空展开枝杈和伞状的树冠，却仍然是两根分枝，父亲竟没有除掉任何一根，他说越长越不忍心砍那多余的一根分枝了，就任其自由生长。这椿树得了父亲的宽容和心软，双枝分杈的形态就保持下来，直到现在都合抱不拢的大树，依然是对称平衡的双枝撑立在天空，成为一道风景，甚至成为一种标志。有找我的人向村人问路，最明了的回答就是，门口场塄有一棵双杈椿树。

到 20 世纪 80 年代初始，生活已发生巨大转机，吃饱穿暖已不再成为一个问题的好光景到来时，我已筹备拆掉老朽不堪的旧房换盖新房了，不料父亲发生了绝症。他似乎在交代后事。对我说，场塄上那棵椿树，可以伐倒做门窗料。我知道椿树性硬却也质脆，不宜做檩当梁，做门窗或桌椅却是上好木材。父亲感慨说，我栽了一辈子树，一根椽子都没给自家房子用过，都卖给旁人盖房子了，把这椿树伐下来，给咱的新房用上一回。我听了竟说不出话，喉头发哽。缓解一阵后，我对父亲说，门窗料我会想办法购买（那时木材属统购物资），让椿树长着。我说不出口的一句话是，父亲留给我的活物，就只剩下这一棵椿树了。不久，父亲去世了，椿树依然蓬勃在门外的场塄上。80 年代初，我随之获得专业写作的机会，索性回到原下老家图得清静，读书写作，还住在遇到阴雨便摆满盆盆罐罐接漏的老屋里，还继续筹备盖房。某一天，有两三个生人到村子里来寻买合适的树，一眼便瞅中了我父亲的这棵椿树，向村人打听树的主人。

村人告诉说，那主家自己准备盖房都舍不得伐它，你恐怕也难买到手。 买家说可以多掏一些钱，随之找到我，说椿树做家具是好材料，盖房未必好，可以多给一些钱，让我去选购松木这些上好的盖房材料，并说明他们是做家具卖的生意人。 我自然谢绝了。 这是绝无商议余地的事。 我即使再不济，也不能把父亲留给我的最后一棵树砍了。 这椿树就一直长着，直到现在。 每隔一段时日抽空回到老家，到门口第一眼看到的就是这棵椿树，父亲就站在我的眼前，树下或门口；我便没有任何孤独空虚，没有任何烦恼，没有任何腌臜的事能够把人腻死……

我和我哥坐在雨篷下聊着这棵椿树的由来。 他那时候在青海工作，尚不清楚我帮父亲栽树的过程。 他在“大跃进”的头一年应招到青海去了，高中只学了一年就等不得毕业了，想参加工作挣钱了。 其实，还是父亲在这时候供给着两个中学生，可以想见其艰难。 我是依靠着每月八元的助学金在读书，成为我一生铭记国家恩情的事。 “大跃进”很快转变为灾难，青海兴建的厂矿和学校纷纷下马关门，哥和许多陕西青年一样无可选择又回到老家来，生产队新添一个社员。 哥听了我的介绍，却纠正我说，这椿树还不是最老的树，父亲栽的最老的树要算上场里地角边的皂荚树。 那是刚刚新中国成立的 20 世纪 50 年代初，我们家诸事不顺，我身后的两三个弟妹早夭，有一个刚生下六天得一种“四六风症”死去，有一个妹妹和一个弟弟都长到三四岁了，先后都夭亡了。 家养一头黄牛，也在一场畜类流行瘟疫里死了。 父亲惶恐里请来一位阴阳先生，看看哪儿出了毛病。 那阴阳先生果然神奇，说你家上场祖坟那块地的西北角太空了，空了就聚不住“气”，邪气就乘虚而入了。 父亲吓得不知如何是好，急问如何应对如何弥补。阴阳先生说，栽一棵皂荚树。并且解释，皂荚树的皂荚可以除污去垢，而且树身上长满一串串又粗又硬的尖刺，更可以当守护坟园的卫士。父亲满心诚服，到半坡的亲戚家挖来一株皂荚树秧子，栽到上场祖坟那块地的西北角上，成活了也长大了，每年都结着迎风撞响的皂角儿。这皂荚树其实弥补得了多少空缺是很难说的，因为后来家里也还出过几次病灾，任谁都不会再和阴阳先生去验证较真了。这儿却留下一棵皂荚树，父亲的树，至今还长着，仍然是一年一树繁密的皂角，却无人摘折了，农民已经不用皂角洗涤衣服，早已用上肥皂洗衣粉之类。哥说了父亲的这棵皂荚树，我隐约有印象，不如他清楚，我那时不太在心，也太小。现在，在祖居的宅院里，两个年过花甲的兄弟，坐在雨篷下，不说官场商场，不议谁肥谁瘦，也不涉水涨潮落，却于无意中很自然地说起父亲的两棵树。父亲去世已经整整二十五年，他经手盖的厦屋和他承继的祖宗的老房都因朽木蚀瓦而难以为继，被我拆掉换盖成水泥楼板结构的新房了，只留下他亲手栽的两棵树还生机勃勃，一棵满枝尖锐硬刺儿的皂荚树，守护着祖宗的坟墓陵园；一棵期望成材做门窗的椿树，成为一种心灵感应的象征，撑立在家院门口，也撑立在儿子们心里。

每到农历六月，麦收之后的暑天酷热，这椿树便放出一种令人停留贪吸的清香花味，满枝上都绣集着一团团比米粒稍大的白花儿，招得半天蜜蜂，从清早直到天黑都嗡嗡嘤嘤的一片蜂鸣，把一片祥和轻柔的吟唱撒向村庄，也把清香的花味弥漫到整个村庄的街道和屋院。每年都在有机缘回老家时闻到椿树花开的清香，陶醉一番，回味一回，温习一回父亲。今年却因这事那事把花期错过了，便想，明年一定要赶在椿树花开的时日回到原下，弥补今年的亏空和缺欠。 那是父亲留给这个世界也留给我的椿树，以及花的清香。

1980年夏天的一顿午餐

一

一顿午餐，留下两个人半生的记忆。

这两个人，一个是作家刘恒，一个是我。

11月中旬在北京召开的中国作家协会第七次全国代表大会期间，在堪称豪华的北京饭店的过厅里，我和刘恒碰见了相遇了，几年不见，他胖了，头发却稀疏了。心想着按他的年纪，头发不该这么稀，眼见的却稀了。对视的一瞬，都伸出手来握到一起。没有热烈的问候，也没有搂肩捶胸的亲昵举动，他似乎和我一样不善此举。刚握住手，他便说起那顿午餐，在我家乡的灞桥古镇上吃的那一碗羊肉泡馍。正说间，围过来几位作家朋友，刘恒着意强调是站在街道边上吃的。我说是的，一间门面的小饭馆容纳不下汹涌而来的食客，就站在饭馆门外的街道上吃饭，站着还是蹲着我记不清了……

这是1980年夏天的事。

这年的春节刚刚过罢，我所供职的西安郊区随区划变更为雁塔、未央和灞桥三个区。我的具体单位郊区文化馆也分为三个。我选择了离家较近的灞桥区文化馆，为着关照依赖生产队生活的老婆孩子比较方便，还有自留地须得我播种和收割。刚刚设立的灞桥区缺少办公房舍，把文化馆暂且安排到距离区政府机关近十里远的灞桥古镇上。这儿有一家电影院，用木材和红瓦建构的放映大棚，据说是1958年“大跃进”年代兴建的文化娱乐设施，地上铺的青砖已经被川流不息的脚步踩得坑坑洼洼了，既可见久远的历程，更可见当地乡民观赏电影的盛况。放映棚后边，有一排又低又矮的土坯垒墙的平房，是电影放映人员工作和住宿兼用的房子，现在腾出一半来，给我等文化馆干部入住，同时也就挂出一块灞桥区文化馆的白底黑字的招牌。我得到一间小屋，一张办公桌、两把椅子和一块床板，都是公家配备的公物，一只做饭烧水的小火炉是自购的私家财物，烧煤是按统购物资每月的定量，到三里外的柳巷煤店去购买。我那时已官晋一级，兼着区文化局副局长，舍弃了区政府给文化局分配的稍好的办公室，选择了和文化馆干部搅和在一起。我喜欢古人折柳送别的这个千年老镇，一缕温情来自桥南头的高中母校，三年读书留下的美好记忆全都浮泛出来了；另一缕情思或者说情调，来自职业爱好，多年来舞文弄墨尽管还没弄出多大的响声，尽管生活习性生活方式和当地农民差不了多少。而文人的那些酸不酸甜不甜的情调却顽固地存在着，诸如早春到刚刚解冻的灞河长堤上漫步，看杨柳枝条上日渐萌生的黄色嫩芽，夏日傍晚把脚伸进水里看长河落日的灿烂归于模糊，深秋时节灞河滩里眼看着变得枯黄的杂草野花，每逢集日拥挤着推车挑担拉牛牵羊的男女乡民，大自然在这个古镇千百年来周而复始地演绎着绿了枯了暖了又冷了的景致。 刚跨入 20 世纪 80 年代的古镇周边的乡民在这里聚集，呈现出从极左律令下刚刚获得喘息的农民脸上的轻松和脚下的急迫，我常常在牛马市场木材市场和小吃摊前沉迷……我觉得傍着灞河依着一堤柳绿的古镇灞桥，更切合我的生活习性和生存心理。

刘恒突然来了。 是我在这个古镇落脚扎铺大约半年。 1980 年正值酷暑三伏最难熬的季节，一个高过我半头的小伙子走进电影院后院的平房，找我，自我介绍是《北京文学》的编辑。 我在让座和递茶的时候，心里已不单是感动，更有沉沉的负疚了。古镇灞桥通西安的 13 路公交汽车，那时候是一小时一趟，我每逢到西安赶会或办事，在车上前胸后背都被挤拥得长吸粗吁；汽车在坑坑洼洼的沙石路上左避右躲，常常抵不上小伙子骑自行车的速度。 这是唯一的公共交通设施，别无选择，出租车的名称还没有进入中国人的生活。 刘恒肯定是冒着燥热乘坐西安到城郊的这班公共汽车来的，而且是从北京来的。 我的那间宿办合用的屋子，配备两把椅子，超过两个来客我便坐在床沿上，把椅子让给客人，沙发在那时也是一个奢侈的名词。 刘恒便坐在另一把椅子上，喝我递给他的粗茶。 他说他来约稿。 他似乎说他刚进《北京文学》做编辑不久。 他说是老傅让他来找我的。 说到老傅，我顿然觉得和近在咫尺的这位小伙子拉得更近了，距离和陌生顿然大部分化释了。

二

老傅是傅用霖，年龄和我不相上下，还不上四十，大家都习惯称老傅而很少直呼其名，多是一种敬重和信赖，他的谦和诚恳对熟人和生人都发生着这样潜在的心理影响。我和他相识在1976年那个在中国历史不会淡漠的春天。已经复刊出版的《人民文学》杂志约了八名业余作者给刊物写稿，我和老傅就有缘相识了。他不住编辑部安排的旅馆，我和他也就只见过两回面，分手后也没有书信来往。1978年秋天我从公社（乡镇）调到西安郊区文化馆，专注于阅读，既在提升扩展艺术视野，更在反省和涮涤极左的思想和极左的艺术概念，有整整三个月的时间，完全是自我把握的行为。到1979年春天，我感到一种表述的欲望强烈起来，便开始写小说，自然是短篇。正在这时候，我收到老傅的约稿信。这是一封在我的创作历程中不会泯灭的约稿信，在于它是第一封。

此前在西安的一次文学聚会上，《陕西日报》长我一辈的老编辑吕震岳当面约稿，我给了他一篇《信任》。这篇6000字的小说随之被《人民文学》转载（那时没有选刊，该杂志辟有转载专栏），到1980年年初被评上第二届全国短篇小说奖。老吕是口头约稿。我正儿八经接到本省和外埠的第一封约稿信件，是老傅写给我的，是在中国文学刚刚复兴的新时期的背景下，也是在我刚刚拧开钢笔铺开稿纸的时候。我得到鼓舞，也获得自信，不是我投稿待审，而是有人向我约稿了，而且是《北京文学》杂志的编辑。对于从中学就喜欢写作喜欢投稿的我来说，这封约稿信是一个标志性的转折。我便给老傅寄去了短篇小说《徐家园三老汉》，很快便刊登了。这是新时期开始我写作并发表的第三个短篇小说。直到刘恒受他之嘱到灞桥来的时候，我和他再没见过面，却是一种老朋友的感觉了，通信甚至深过交手。

三

我和刘恒说了什么话，刘恒对我说了什么话，确已无从记忆。印象里是他话不多，也不似我后来接触过的北京人的口才天性。到中午饭时，我就领他去吃牛羊肉泡馍。这肯定是作为主人的我提议并得到他响应的。在电影院我的住所的马路对面，有镇上的供销社开办的一家国营食堂，有几样炒菜，我尝过，委实不敢恭维。再就是八分钱的素面条和一毛五的肉面条。我想有特点的地方风味饭食，在西安当数羊肉泡馍了。经济政策刚刚松动，我在镇上发现了头一副卖豆腐脑的挑担，也过了久违的豆腐脑口瘾；紧跟着就是这家牛羊肉泡馍馆开张，弥补或者说填充了古镇饮食许久许久的空缺。这家仅只一间门面的泡馍馆开张的炮声刚落，在古镇以及周围乡村引起的议论旷日持久，波及一切阶层所有职业的男女，肯定与疑惑的争论互不妥协。这是1980年特有的社会性话题，牵涉两种制度和两条道路的议争。无论这种议争怎样持续，牛羊肉泡馍馆的生意却火爆异常，从早晨开门并拨旺昨夜封闭的火炉，直到天黑良久，食客不仅盈门，而且是排队编号。呼喊着号码让客人领饭的粗音大响，从早到晚响个不停。尤其是午饭时间，一间门面四五张桌子根本无法容纳汹涌而来的食客，门外的人行道和上一阶土台的马路边上，站着或蹲着的人，都抱着一只大号粗瓷白碗，吃着同一个师傅从同一只铁瓢里用羊肉汤烩煮出来的掰碎了的馍块。

我领着刘恒走出文化馆所在的电影院的敞门，向西一拐就走到熙熙攘攘吃着喊着的一堆人跟前。我早已看惯也习惯了这壮观的又是奇特的聚吃景象，刘恒肯定是头一回驾临并亲眼所见，似不可想象也无所适从吧。我早已多回在这里站着吃或蹲着吃过，便按着看似杂乱无序里的程序做起，先交钱，再拿七成熟的烧饼，并领取一个标明顺序数码的牌号，自然要申明“普通”或“优质”，有几毛钱的差价，有两块肉的质量差别。我招待远道而来的贵宾刘恒，自然是肉多汤肥的“优质”。那时候中国人还没有肥胖的恐惧，还没有减肥尿糖抽脂刮油等富贵症，还过着拿着肉票想挑肥膘肉还得托熟人走后门的光景。我便和刘恒蹲在街道边的人行道上，开始掰馍，我告诉他操作要领，馍块尽量小点，汤汁才能浸得透，味道才好。对于外来的朋友，我都会告知这些基本的掰馍要领，然而这需得耐心，尤其是初操此法者，手指别扭，掐也罢掰也罢往往很不熟练。刘恒大约耐着性子掰完了馍，由我交给掌勺的师傅。

我和刘恒就站在街道边上等待。我估计他此前没经过这种吃饭的阵势，此后大概也难得再温习一回，因为这景象后来在古镇灞桥也很快消失了，不是吃午餐的人减少了，而是如雨后春笋般接连开张的私营饭馆分解了食客，单是泡馍馆就有四五家可供食客比对和选择；反倒是那些刚刚扔下镰刀戴上小白帽的乡村少男少女，站在饭馆门口用七成秦腔三成京腔招徕笼络过往的食客。

四

几年之后，我有幸得到专业作家的资格，可以自主支配时间，也可以不再坐班上班，自我把握和斟酌一番，便决定撤出古镇灞桥，回归到灞河上游白鹿原下祖居的老屋，吃老婆擀的面条喝她熬烧的苞谷糁子，想吃一碗羊肉泡馍需得等到进城开会办事的机会。

住在乡下，应酬事少了，阅读的时间自然多了，在赠寄的一本杂志上，我发现了刘恒，有一种特别兴奋的感觉。随之又读到了《狗日的粮食》，我有一种抑压不住的心理冲动，一个成熟的禀赋独立的作家跃到中国文坛前沿了。每与本地文学朋友聊起文学动态，便说到《狗日的粮食》，也怀一份庆幸和得意，说到在灞桥街头站着或蹲着招待刘恒的那一碗泡馍，朋友听了不无惊诧和朗笑，玩笑说，你把一个大作家委屈了。我也隐隐感到，便盼着有一天能在西安最知名的百年名店“老孙家泡馍馆”招待一回，挽回小镇站吃的遗憾。这时候不仅公家有了列项的招待款，我个人的稿酬收入也水涨船高了，况且“老孙家”也得了刘华清题写的“天下第一碗”的真笔墨宝，店堂已是冬暖夏凉和细瓷雕花碗的现代化装备了，我在这儿招待过组团的兄弟省作家和单个来陕的作家朋友，却遗憾着刘恒。刘恒似乎不大走动，似乎除了一部一部引起不同凡响的作品之外，再没有其他逸事或作品之外的响动。我能获得的信息，都是他的作品所引发的话题。这样，刘恒在中国文坛的姿态，便在我心里形成了，让我无形中形成了敬重，不受年龄的限制。敬重不在年龄。

从 1980 年夏天初识于我的灞桥，街道边的一顿午餐，成为我们二十多年深刻的记忆。这期间，我和刘恒有两三次相遇，每当见面握手，便说到街头的那顿午餐，一碗牛肉或羊肉泡馍。以我推想，随着经济快速发展，也随着作家腰包的不断填充，大餐小餐中餐西餐乃至豪华宴会，他和我都经历过了。在他，起码我没听见对某一顿大餐的感受；在我，即使吃过什么稀罕饭菜，稀罕过后也就不稀罕了。灞桥街头的这一顿牛羊肉泡馍，之所以让两个人经久不忘，我想在于这情景发生的年代——1980年夏天，中国新的发展契机初露端倪时的一个标志性的年份，第一家私营饭馆在古镇灞桥张扬出来时的特有景观；另一因由在于这碗牛羊肉泡馍，标记着那个年月的我的消费水平，自参加工作十八年第一次涨薪，拿到四十五元月薪了，大约发表了十多篇小说，累计有一千多元的外快稿酬了，可以请本地和外埠的朋友吃一餐泡馍了；还有一点在于，蹲或站在街道上吃泡馍的这两个人，后来都成了有点名气的作家，一个在北京，一个还在关中。这似乎才是造成记忆不泯的关键，作家微妙的生活感受；此前此后我陪过老朋友新相识包括乡村亲邻等都吃过，过后统忘记了；唯有作家不会忘记，我记着，刘恒也记着。

这回在北京饭店和刘恒握手，他开口便说起这顿牛羊肉泡馍午餐。笑罢，我突然想到，这顿街边的午餐已成为一种情结，也成为一种警示，在我千万别弄出摆显“贵族”的嗲来，当下这种发“贵族”的嗲气小成气候。那样一来，刘恒可能再不说1980年夏天古镇灞桥的午餐，也不屑于和我握手了。

接通地脉

约略记得那是麦收后抢时播种玉米的最紧火的时节，年轻的村长掮着铁锨走进我的院子，高挽到膝盖的裤管下是沾着泥水的赤脚。我让坐。他不坐，连肩头的铁锨也不放下来，一副急不可待的架势，倒是不拒绝我递给他的一支烟。他说，你去把场塄下那二分地种上苞谷，到时候娃们也有嫩苞谷穗儿吃嘛！

我一时竟然很感动，却有点犹豫。我在两年前调入省作协当上专业作家，妻子和孩子的户籍也随之从乡村转入城市，刚刚分到手且收获过一料麦子的责任田，又统统交回村委会重新分配给其他村民了。专业作家对我至关重要的含义，就是可以由我支配自己的时间和生命行程了。几乎就在那一年，我索性决定从城镇回归乡村老家。我在祖居的屋院里读中国新时期文学一浪高过一浪的小说，读着刚刚翻译过来的陌生的世界名著，也写着我的小说，是一个不再依赖土地丰歉生存着的乡村人了。村里的乡亲有人送来一把春天的头一茬韭菜、几个刚刚孕肥的嫩苞谷穗子、一篮沾着湿土的红苕，常常引发我内心的微妙感慨，过去我曾拿着这些东西送给西安城里的朋友，现在我自己反倒成为接受者了。我在接过一把韭菜一篮红苕几个嫩苞谷穗子的时候，分明意识到我和这块土地依存的关系割断了，尽管还住在祖居的老屋里，尽管出出进进还踩踏着这方土地，却无法改变心底那一缕隐隐的空虚的发生。我对村长好心好意的提议之所以犹疑不定，是因为我已无资格耕种哪怕巴掌大一块土地了。

村长显然早已揣透了我的顾虑，解释说，村口场塄下这一畛子地，猪拱鸡刨，你交回的那二分地分给谁谁都不要，这几年都荒着，你种点苞谷谁也没意见……说罢转身出门去了。

我便种上了苞谷。这二分地在村子东头的场塄下。当年的新一茬的蒿草正长到旺盛时，比我还高出半头。我丢剥了长袖衣和长裤，握一把磨得锋利的草镰，把蒿草齐摆摆砍掉割尽，再用镢头把庞大的根系一一刨挖出来。因为天旱土壤干硬，也因为几年荒芜土质板结，牛拽的犁铧开掘不动，只能用双刺镢头开挖，再把大块硬土敲碎，点种下苞谷种子。大约整整干了三天，案头正在写作的小说或散文全部撇下，连钢笔也没有扭开，手掌上的血泡儿用纱布缠了几层，仍有血丝渗出来。又过了几天，于夕阳沉落西原的傍晚，我在湿漉漉的地皮上看见一根根刚冒出来的嫩黄的旋管状的苞谷苗子时，心底发生了好一阵响动。我坐在被太阳晒得温热的土塄上，感觉到与脚下这块被许多祖宗耕种过的土地的地脉接通了，我周身的血脉似乎顿然间都畅流起来了。

我在这二分地里间苗定苗，锄草施肥。三伏的大旱时节，村长便安排村民开动抽水机灌溉，轮到我的地头的时候，我便脱了鞋子，用铁锨挖开灌渠的口子把水放进地里，双脚踩着沁人肌肤的井水，让每一株苞谷都浇灌得足饱。眼瞅着苞谷拔节了，冒出天花和红缨来，绿色的苞谷穗子日渐肥大起来，剥开一条缝儿，已经孕出一排排白色的颗粒，用指甲轻轻掐一下，牛奶似的稠汁迸溅到我脸上。我掰下一篮，剥去绿色的皮壳，等待周末从寄宿中学回家的女儿，那是作为一个父亲最温馨的等待时刻。

我后来在这二分地里种过洋芋（土豆），收获的果实堆在屋角，有亲友来家，便作为礼物相送。也种过白菜和萝卜，不知是技术不得要领，还是种子不好，那白菜只长菜叶不包心，只能窝泡酸菜；萝卜又瓷又硬，熬煮勉强可食，生吃很不是滋味。只有栽种大葱大获成功，许是我勤于松土，那葱长得又粗又高，葱白尤其多，做料子菜自不必说，剥了皮生吃也很香甜，我常常是一口馍一口生葱吃得酣畅淋漓。我在务这二分地里的庄稼和蔬菜的劳动中，渐渐稀少了到河堤散步的习惯，或者说替代了。我在一天的阅读或写作之后，傍晚时分习惯到灞河边上散步，活动一下在桌椅间窝蜷了一天的腰和腿。河堤内侧的滩地里是汗流浃背忙于做事的男人和女人，河堤外侧的沙滩上是割草放羊的孩子，我往往在那种环境里感到不自在，很难生出古典和现代才子们赏山阅水的情致来。现在，当我在那二分地里为苞谷除草或为大葱培壅黄土的时候，满脸汗水满手土屑，猛不防会有一个我能闻声辨人的人发出的声音："还是把式喀！"然后就在地头坐下来，或者他抽我递给他的雪茄，或者我抽他的旱烟，然后说他儿子或女儿遇着什么难事了，需得我去帮忙交涉，我比他的"面子"大哇……我往往在那种时刻，比之在河堤上散步时的感觉稍好。

这几年间，大概是我写作生涯中最出活的一段时光，无论是中篇《蓝袍先生》《四妹子》《地窖》等，以及许多短篇小说，还有费时四年的长篇《白鹿原》，我在书案上追逐着一个个男女的心灵，屏气凝神专注无杂，然后于傍晚到二分地里来挥镢把锄，再把那些缠绕在我心中的蓝袍先生四妹子白嘉轩田小娥鹿子霖黑娃们彻底排除出去，赢得心底和脑际的清爽。只有专注的体力劳作，成为我排解那些正在刻意描写的人物的有效举措之一，才能保证晚上平静入眠，也就保证了第二天清晨能进入有效的写作。这真是一种无意间找到的调节方式，对我却完全实用。无论在书桌的稿纸上涂抹，无论在二分地里务弄苞谷蔬菜，这种调节方式的科学性能有几何？对我却是实用而又实惠的方式。我尽管朝夕都生活在南原（白鹿原）的北坡根下，却从来没有陶渊明采菊时的悠然，白嘉轩们的欢乐和痛苦同样折腾得我彻夜失眠，小娥被阿公鹿三从背后捅进削标利刃时回头的一声惨叫，令我眼前一黑钢笔颤抖……我在二分地的苞谷苗间大葱行间重归沉静。

记不清是哪一年了，陕北榆林一位青年诗人送我一小袋扁豆，这是夏天喝稀饭的好作料。因为产量太低，扁豆在关中地区早都绝种了。我倍加珍惜的一个缘由，是我生在三伏，又缺奶，母亲用白面熬煮的扁豆喂活了我。直到我的孩子已经念大学的时候，母亲往往面对牛奶面包而引发出扁豆救命的老话。我在重新品尝救命的扁豆稀饭之后，留下一部分种子，当年秋天种到我的二分地里，长出苗儿来，年龄在中年以下的农民竟不认识是何物。扁豆长得很好，绿茵茵罩满地皮，常常引来许多村民围观。扁豆比麦子早熟，在大麦成熟小麦硬粒的时候成熟了。我准备近日收割，自然跃跃，慷慨地答应过几个村民讨要种子的事。不料，当我提着镰刀走到二分地头，扁豆秧子竟然一株都不见了。我愣在那里，半天回不过神来。肯定是昨晚被谁偷割了。我其实也没有生多大的气，只是有点怨气，怨这人做得太过，该当给我留下一小块，我好留得种子。

那是至今依旧令我向往而无法回归的年月和光景。

我的秦腔记忆

在我最久远的童年记忆里顶快活的事，当数跟着父亲到原上原下的村庄去看戏。

父亲是个戏迷，自年轻时就和村子里几个戏迷搭帮结伙去看戏，直到年过七旬仍然乐此不疲。我童年跟着父亲所看的戏，都是乡村那些具有演唱天赋的农民演出的戏。开阔平坦的白鹿原上和原下的灞河川道里，只有那些物力雄厚而且人才济济的大村庄，不仅能凑足演戏的不小开销，还能凑齐生、旦、净、末、丑的各种角色。我们这个不足四十户人家的村子，演戏是连想也不敢想的事，我和父亲就只有到原上和原下的那些大村庄去看戏了。

不单在白鹿原，整个关中和渭北高原，乡村演戏集中在一年里的两个时段，是农历的正月二月和伏天的六月七月。正月初五过后直到清明，庆祝新年佳节和筹备农事为主题的各种庙会，隔三岔五都有演出，二月二是传统习惯里的龙抬头日，形成演出高潮，原上某个村子演戏的乐声刚刚偃息，原下灞河边一个村子演戏的锣鼓梆子又敲响了，常常发生这个村和那个村同时演出的对台戏。再就是每年夏收夏播结束之后相对空闲的一个多月里，原上原下的大村小寨都要过一个各自约定的“忙罢会”。顾名思义，就是累得人脱皮掉肉的收麦种秋的活儿忙完了，该当歇息松弛一下，约定一个吉祥日子，亲朋好友聚会一番，庆祝一年的好收成。这个时节演戏的热闹，甚至比新年正月还红火，尤其是风调雨顺小麦丰收家家仓满囤溢的年份。

我已记不得从几岁开始跟父亲去看戏，却可以断定是上学以前的事。我记着一个细节，在人头攒动的戏台下，父亲把我架在他的肩上，还从这个肩头换到那个肩头，让我看那些我弄不清人物关系也听不懂唱词的古装戏。可以断定不过五六岁或六七岁，再大他就扛架不起了。我坐在父亲的肩头，在自己都感觉腰腿很不自在的时候，就溜下来，到场外去逛一圈。及至上学念书的寒暑假里，我仍然跟着父亲去看戏，不过不好意思坐父亲的肩膀了。

同样记不得跟父亲在原上原下看过多少场戏了，却可以断定我那时候还不知道自己看的戏种叫秦腔。知道秦腔这个剧种称谓，应在 20 世纪 50 年代中期离开家乡进西安城念中学以后，我十三岁。看了那么多戏，却不知道自己所看的戏是秦腔，似乎于情于理说不通。其实很正常，包括父亲在内的家乡人只说看戏，没有谁会标出剧种秦腔。原上原下固定建筑的戏楼和临时搭建的戏台，只演秦腔，没有秦腔之外的任何一个剧种能登台亮彩，看戏就是看秦腔，戏只有一种秦腔，自然也就不需要累赘地标明剧种了。这种地域性的集体无意识就留给我一个空白，在不知晓秦腔剧种的时候，已经接受秦腔独有的旋律的熏陶了，而且注定终生都难能取代的顽固心理。

在瓦沟里的残雪尚未融尽的古戏楼前，拥集着几乎一律黑色棉袄棉裤的老年壮年和青年男人，还有如我一样不知子丑寅卯的男孩，也是穿过一个冬天开缝露絮的黑色棉袄棉裤，旱烟的气味弥漫不散；伏天的“忙罢会”的戏台前，一片或新或旧的草帽遮挡着灼人的阳光，却遮不住一幢幢淌着汗的紫黑色裸膀，汗腥味儿和旱烟味儿弥漫到村巷里。我在这里接受音乐的熏陶，是震天轰响的大铜锣和酥脆的小铜锣截然迥异的响声，是间隔许久才响一声的沉闷的鼓声，更有作为乐团指挥角色的扁鼓密不透风干散利爽的敲击声，板胡是秦腔音乐独有的个性化乐器，二胡永远都是作为板胡的柔软性配乐，恰如夫妻。我起初似乎对这些敲击类和弦索类的乐器的音响没有感觉，跟着父亲看戏不过是逛热闹。记不得是哪一年哪一岁，我跟父亲走到白鹿原顶，听到远处树丛笼罩着的那个村子传来大铜锣和小铜锣的声音，还有板胡和梆子以及扁鼓相间相错的声响，竟然一阵心跳，脚步不自觉地加快了，一种渴盼锣鼓梆子扁鼓板胡二胡交织的旋律冲击的欲望潮起了。自然还有唱腔，花脸和黑脸那种能传到二里外的吼唱（无麦克风设备），曾经震得我捂住耳朵，这时也有接受的颇为急切的需要了；白须老生的苍凉和黑须须生的激昂悲壮，在我太浅的阅世情感上铭刻下音符；小生和花旦的洋溢着阳光和花香的唱腔，是我最容易发生共鸣的妙音；还有丑角里的丑汉和丑婆婆，把关中话里最逗人的语言做最恰当的表述，从出台到退场都被满场子的哄笑迎来送走……我后来才意识到，大约就从那一回的那一刻起，秦腔旋律在我并不特殊敏感的乐感神经里，铸成终生难以改易更难替代的戏曲欣赏倾向。

我记不得看过多少回秦腔戏了。有几次看戏的经历竟终生难忘。上学到初中三年级，学校在西安东郊的纺织工业重镇边上，住宿的宿舍在工人住宅区内。晚自习上完，我和同伴回宿舍的路上，听到锣鼓梆子响，隐隐传来男女对唱，循声找到一个露天剧场，是西安一家专业剧团为工人演出，而且有一位在关中几乎家喻户晓的须生名角。戏已演过大半，门卫已经不查票了，我和同学三四个人就走进去，直到曲终人散。无论从哪方面说，都比乡村戏台上那些农民的演出好得远了，我竟兴奋得好久睡不着觉。第二天早上走进学校大门，教导主任和值勤教师站在当面，把我叫住，指令站在旁边。那儿已经站着两个人，我一看就明白了，都是昨晚和我看戏的同伴——有人给学校打小报告了。教导主任是以严厉而著名的。他黑煞着脸，狠声冷气地训斥我和看戏的同伙。这是我学生生活中唯一的一次处罚……

二十多年后的1980年，我被任命为区文化局副局长的同时，新任局长就是训斥并罚我站的教导主任。我和他握手的那一刻，真是感慨“人生何处不相逢”灵验了。从和他握手直到我离开这个单位，始终都不曾提及此事。他肯定不记得这件事了，他训斥过可能就置诸脑后了，又忙着训导另一位违纪的学生去了。不过，这个时候的他，已经半老，依然严厉的脸上总是洋溢着微笑，大笑的时候很爽朗。一张棱角严厉的脸无论敞怀大笑还是微笑，尤其生动感人，甚为可爱。

还有一次难泯的记忆。这是“四人帮”倒台不久的事。西安城里那些专业秦腔剧团大约还在观望揣摩文艺政策能放宽到何种程度的时候，关中那些县管的也属专业的秦腔剧团破门一拥而出了，几乎是一种潮涌之势。他们先在本县演出，又到西安城里城外的工厂演出，几乎全是被禁演多年的古装戏。西安郊区的农民赶到周边县城或工厂去看戏，骑自行车看戏的人到傍晚时拥满了道路。我陪着妻子赶过二十里外的戏场子。我的父亲和村里那几个老戏友又搭帮结伙去看戏了。到处都能听到这样一句痛快的观感："这才是戏！"更有幽默表述的感慨："秦腔到底又姓秦了！"这种痛快的感慨发自一个地域性群体的心怀。"文化大革命"禁绝所有传统剧目的同时，推广八个京剧"样板戏"，关中的专业剧团和乡村的业余演出班子，把京剧"样板戏"改编移植成秦腔演出，我看过，却总觉得不过瘾，多了点什么又缺失了点什么。民间语言表达总是比我生动比我准确："这是拿关中话唱京剧哩嘛！"还有"秦腔不姓秦了"的调侃。

到20世纪80年代中期，我的经济状况初得改善，便买了电视机，不料竟收不到任何节目，行家说我居住的原坡根下的位置，正好是电视信号传递的阴影区域。我不甘心把电视机当收音机用，又破费买了放像机，买回来一厚摞秦腔名家演出的录像带，不仅我把包括已经谢世的老艺术家的拿手好戏看了个够，我的村子里的老少乡党也都过足了戏瘾，常常要把电视机搬到院子里，才能满足越拥越多的乡党。我后来又买了录音机和秦腔名角经典唱段的磁带，这不仅更方便，重要的是那些经典唱段百听不厌。大约在我写作《白鹿原》的四年间，写得累了需要歇缓一会儿，我便端着茶杯坐到小院里，打开录音机听一段两段，从头到脚、从外到内都有一种无以言说的舒悦。久而久之，连我家东隔壁小卖部的掌柜老太婆都听上了戏瘾，某一天该当放录音机的时候，也许我一时写得兴起忘了时间，老太太隔墙大呼小叫我的名字，问我，"今日咋还不放戏？"我便收住笔，赶紧打开录音机。老太太哈哈笑着说她的耳朵每天到这个时候就痒痒了，非听戏不行了……在诸多评说包括批评《白鹿原》的文章里，不止一位评家说到《白鹿原》的语言，似可感受到一缕秦腔弦音。如果这话不是调侃，是真实感受，却是我听秦腔之时完全没有预料得到的潜效能。

我看过、听过不少秦腔名家的演出剧目和唱段，却算不得铁杆戏迷。不说那些追着秦腔名角倾心倾情胜过待爹娘老子的戏迷，即使像父亲入迷的那样程度，我也自觉不及。我比父亲活得好多了，有机会看那些名家的演出，那些蜚声省内外的老名家和跃上秦腔舞台的耀眼新星，我都有机缘欣赏过他们的独禀的风采。然而，在我久居的日渐繁荣的城市里，有时在梦境，有时在一个人独处的时候，眼前会幻化出旧时储存的一幅幅图景，在刚刚割罢麦子的麦茬地里，一个光着膀子握着鞭子扶着犁把儿吆牛翻耕土地的关中汉子，尽着嗓门吼着秦腔，那声响融进刚刚翻耕过的湿土，也融进正待翻耕的被太阳晒得亮闪闪的麦茬子，融进田边沿坡坎上荆棘杂草丛中，也融进已搭着圆顶的太阳的霞光里。还有一幅幻象，一个坐在车辕上赶着骡马往城里送菜的车把式，旁若无人地唱着戏，嗓门一会儿高了，一会儿低了，甚至拉起很难掌握的“彩腔”，在乡村大道上朝城市一路唱过去……

秦人创造了自己的腔儿。

这腔儿无疑最适合秦人的襟怀展示。

黄土在，秦人在，这腔儿便不会息声。

我经历的鬼

知道世界上有鬼，和知道有狼一样，都是在少不更事的愚顽时期。晚上玩得癫狂不能安生睡觉，母亲为了节省灯油，好话规劝无奈，往往就用绿眼长牙凶相毕露的狼来吓唬我，却从来不说鬼，这已成铁定的忌讳。然而，她不说鬼却有人说鬼，谁家屋里昨晚闹鬼了，一个看不清面目的黑衣女人从院中飘到房脊上；隔不了三五天又有鬼事发生，某人在村人回家歇工的正午时到坡地上寻找丢遗的烟袋，看到乱葬坟堆里有二三人影，均无头，他咳嗽一声便消失了；某妇人走娘家回来，看到不远处的柿树下有一位老妇人在哭着诉着，便加快脚步想劝慰其节哀，不料竟眼睁睁看着那人隐去了……我的这个不过三十多户人家的小村庄，隔不过几天就有鬼事发生，当天便传得家喻户晓，两人一堆，五人一伙，说得如同亲见一般生动翔实。夹在她们胯旁的我听得头发倒立毛骨悚然，却仍忍不住想听。相对于狼而言，鬼更可怕，狼一般在夜深人静时才到村子里偷叼猪羊，鬼却不管白天黑夜都在游荡；狼活动在山野荒坡，鬼却天上地下荒野宅院任由出入，防不胜防，想躲更难。年少时我不仅不敢独睡一屋，甚至不敢走进空无一人的自家院子，心里总怯着房顶上、过道里或屋梁上会隐藏着一个鬼。

我只说我经历过的几次鬼事。

有月亮的夜晚，往往是村里孩子聚合玩耍的天赐良机。我平生仅有一次碰见过鬼，就发生在一个冬天的月色朦胧的村巷里。我跟着比我稍高一点的哥哥到村子东头去玩耍，刚走到离家门不过百十步的一户人家的围墙口时，他却突然改变主意不许我跟他走了。眼睁睁看着他和几个伙伴往前走去，我很失落地转身回家。就在刚转过身的一瞬，看见不过五步远的一个茅厕里有一个怪物，体形像一头半大的牛，又像一只超大的猪。出奇更在不是我每天都能看见的活牛生猪，而是如同过年时乡村集市上叫卖的纸扎的动物造型的灯笼，从头到脚涂饰着红的黄的绿的色彩鲜艳的圆形和方块形的图案，似乎还有一缕亮光透出。好奇心驱使我停住脚步，那纸扎的“四不像”的怪物竟然走动起来。那时候的乡间茅厕，多是三堵半的土墙围成的一方避身遮丑的小小空间，那怪物笨拙地移动着纸扎的躯体，竟然还扭过头来看着我。恰是在这一瞬间，我的毛发倒竖，后脊发冷，恐惧顿时攫住了我的心，腿都软了。我已经记不得是怎么回到家的，也不记得母亲后来施用了民间的哪种措施为我驱鬼除邪，随后似乎也未遭遇什么灾祸或病痛。然而，那个纸扎的却会移动的“四不像”的怪物的身影，却铸成永久的记忆，及至六十年后的今天，我仍然能够描绘出曾经眼见的形态和色彩。

我更多经见过的鬼事，都是发生在村子里这家或那家、这个人或那个人身上。

村子里以及周边最爱闹鬼的地方，是距村子不过一里路的一座孤坟。这座孤坟在很窄的一畛地的南头，倚着矮矮的一道地坎。这畛地的北边有一条两步宽的土路，是我们村子通向外部世界的主干道，离那座孤坟不过十来步远。这里埋着一个不幸死去的年轻男子。我很小的时候就听到村里某个女人或某个男人在这里撞见了鬼，有的人在夜里撞见，有的人竟然在大白天撞见，还有早起赶路的人在微明的晨光里，也撞见过鬼。有人撞见的是有身躯却无脑袋的鬼，有人撞见的竟然是有头有脸四肢齐全的走动着的鬼，还有人竟然看到坐在孤坟不远的路边发出呜呜哭声的鬼。谁都会想到，这是孤坟里那个年轻男人的鬼魂再现。

我记不清从这座孤坟旁走过几千上万次了，却一次也没有撞见那个被许多人都看见过的鬼。然而，每一次走过这座孤坟旁的进村路时，我都不敢扭头去看土坎下的那个小小的长着荒草的坟堆，而且头发便倒立起来，头皮感觉到一缕凉意。小时候不敢单人走过这里，即使和家人或伙伴大白天走到这座孤坟旁，仍然抑制不住头发倒立头皮生凉的反应。及至成年，我自信已经成为不信神更不信鬼的唯物论者，每当单人路过这里，头发照旧倒竖头皮仍然会生出一缕凉气，甚至连自己都忍不住暗暗自嘲。有一回我和自己较起劲来，当头发倒竖头皮生凉的反应发生时，我索性停住脚步，点燃一支烟，直对着孤坟抽起烟来；似乎这样还不足以把劲较足，干脆走到土坎下的孤坟堆前，转过去又转过来，抽着烟转了三圈，又伫立在坟堆前，直到倒竖的头发不再倒竖，头皮上的凉气消散，我才离去。我以为经过这次最近距离的心理抗争之后，当会终止往常生理反应的惯性，结果却依然故我。说来更不可思议的是，在我住在原下老屋写作《白鹿原》

的最后一年，难耐每天停笔歇工之后的无聊，迷上了下象棋，本村的棋友如若凑不到一起，我便到东边或西边的邻村去找棋友，常常玩到半夜方可尽兴。关键是去西边邻村下完棋回家时，满天星光，走到土坎下的孤坟旁，仍然头发倒竖头皮生出凉气，须知我已经是年近五十岁的准老汉了。幼年时因为这座孤坟野鬼的传闻而发生的恐惧，由恐惧而引发的头发倒竖头皮生凉气的生理反应，竟然成为一种惯性，直到准老汉的年岁都难以消除，也就只好任其发生罢了。

真正致成我心里创伤的鬼事，却是发生在 1962 年。

这一年，我高中毕业，高考的作文题有两个，一为“雨中”，一为“说鬼”，前者无疑是记叙文，后者亦无疑为论文体。依我自己而言，选择叙述文体的“雨中”为宜，因为我在初中的作文本上早就写过几篇小说了，颇得语文老师好评，纪事的叙述文体当胜过论文一筹。然而，我却鬼使神差地选择了“说鬼”。我已不记得我是如何说鬼的，也不必说我把鬼论说得如何，致命在于我没有写完。考场的铃声响起的时候，我的紧张在残酷的铃声里完全失控了，脑子里一片空白，完了！我完了。看着监考老师从我桌上收走考卷，我连站起来的力气都没有。我走出考场和设置考场的中学的大门，看到街道上熙熙攘攘的人群，这时才意识到已经尿湿裤裆了。

后来自我检讨，之所以选择我并不擅长的论文体去写“说鬼”，原是出于一种错误的判断；之所以发生判断的失误，说穿了是自作的小聪明所致成；再扎实说来，是不无投机心理的。我读高中的 20 世纪 60 年代初，有一本名为《不怕鬼的故事》的书，不仅风靡全国，而且成为高中生的必读物，是政治课的补充教材。后来才知道出版并要求党政干部和高中以上学校师生阅读这本书的社会背景，既有国际因素，又有国内因素。国际关系中，兄弟般的苏联和中国，矛盾已发展到不可调和的面临翻脸成仇的地步，视苏联为修正主义，简称“苏修”。修正了马克思列宁主义的修正主义的代表人物赫鲁晓夫，被喻为鬼。国内的背景是庐山会议关于“大跃进”大炼钢铁和人民公社造成灾难的事，持这种观点的彭德怀被定为右倾机会主义者。右倾机会主义者也是鬼。无论赫鲁晓夫，无论彭德怀，两大事件尚没有向国民公开，先以打鬼运动造成舆论。我那时候似乎在私下里隐隐听到一点风声，便自作聪明地选择了论文“说鬼”的题目，以为正合拍于社会的大命题，肯定要比“雨中”这类抒情的叙述文更切社会热点……不料却栽倒在“说鬼”上。那个年代的高考语文试卷，问答题占六十分，一篇作文占四十分。我的作文无疑为零分，我便觉得完了。

我回到那个三四十户人家的小村庄，才切实感到曾经热烈到热切的人生梦想彻底破灭了。上初级中学时，关于人生前途还黏黏糊糊，而一当坐进高级中学的教室，便想着某所大学，几乎再无第二种意向。我是我们那个小村庄的第一个高中毕业生。我回乡务农的事实开了一个念书白念也白花钱的糟糕先例。当然，关键还是对我自身的挫伤，“说鬼”没有说完，更遑论完美，这个意象里的鬼便刺刻在我的心灵深处。

单举填表一例。从我走出学校走进社会，几十年来不知填过几百成千次表，无论什么用途的表，不可或缺“文化程度”专栏，我都填写“高中”。每一次写着“高中”这两个字时，心底便泛出“说鬼”这道作文题目来，几乎没有一次幸免。尽管随着岁月的流逝和年龄的递增，“说鬼”泛出的心理滋味渐渐淡化；尤其是得幸成为一个作家写出了一些作品，“说鬼”没有说完全的那种无以言状的挫伤感基本平复，然而仍缺失不了填表每遇“文化程度”栏目写着“高中”俩字时，便泛出“说鬼”的事。那情形极其类似每过村子西边土坎下孤坟时头发倒竖头皮生凉的生理反应。孤坟野鬼致成的是纯粹的恐惧，由恐惧致成的头发倒竖头皮生凉的纯粹生理反应竟然成为根深蒂固的生理惯性，即使成为无神无鬼的唯物论的信徒，仍抑制不住生理惯性的发生。相对而言，“说鬼”写作的失败造成的心理伤害，是我人生历程中可以用致命来划档的三两次最厉害的伤害之一，且是第一次。

高考落榜的那年暑假，我不止一次于半夜里惊叫着翻跌到床下。父亲大约担心我会弄成“神经客”，却也只有一句平常的话来劝慰：天底下农民一层人哩。正是这句平常到平庸的话，遏止了我的慌乱无着的情绪的恶性发展，我的人生参照是中国最庞大的人群——农民，我的悬空的心便落到了鸡鸣狗叫猪哼哼的村巷里了。然而，“说鬼”里的那个纯属意象的鬼，尽管没有村子西边土坎下孤坟里的野鬼可怕，却远远超出其伤害的重和深。有一年我被邀出国访问，办公室王主任让我填写出国申报表时，笑着为我建议，在“文化程度”栏目里填上高等学历，至少应该填成大专学历。他替我操心，怕我以往所填的中等学历会被洋人轻视；他又为我释疑，反正也没人查验毕业证书。我拿着表格回到自己办公室，犹豫之后，还是填写上“高中”二字。这一回，“说鬼”里的鬼所引发的心理反应较大，办公室王主任好心替我出谋划策的时候，这个意象里的鬼就在心里泛浮出来，一直盘旋在心头，直到我回到自己的办公室，直到我犹豫不决的一段时间，直到我终于拿定主意写上“高中”二字，那鬼才隐去……村子西头孤坟里的野鬼和高考作文“说鬼”里的鬼，竟然几乎伴我一生，我至今辨不清有幸或不幸。

还遭遇过更严峻的鬼事。

20 世纪 80 年代后半段写作《白鹿原》时，涉及田小娥被杀后变鬼的情节有二，一是田小娥的鬼魂附着在杀死她的公公鹿三身上。关于这个情节的合理性和我写作的原意，且不自白，以免自我阐释之忌讳，单说出处。

乡村中的层出不穷的鬼事，有一种便是鬼魂附体，即刚刚死去不久乃至死去多年的某个男人或女人，其鬼魂附在活着的女人或男人身上（女性居多），说出他或她生前未能实现的心愿，甚或冤情。被鬼魂附体的人往往处于失去自我的半癫狂状态，说出的事乃至说话的口吻，都很像死鬼生前的神态。

我小时候看见过被鬼魂附体的人，成年及至中年也都见过和听过。印象深的是一个接近成年尚未成年的女孩，昏倒在灞河岸边的浅水里，被午后出工的人发现救回家中，恢复知觉后便自说自话，竟然说什么他被淹死灞河的事，亏了什么他的妻子养大了孩子云云。那口吻显然不是一个尚未成年的女孩说话的习性。她说着说着又昏厥过去，围着的女人们便往她身上扣一张簸箕，用桃树枝条抽打簸箕（桃树枝条驱邪），她竟又苏醒过来，又自说那些鬼话。我看得身上直起鸡皮疙瘩。我写田小娥鬼魂附着鹿三的情节，得益于许多年前亲眼看见的鬼事。

然而，让我敢把这种可能被认为是“宣扬迷信”的情节写进小说，却是得了马尔科斯的启示，他敢让他的人物长出尾巴，我何必要忌讳写鬼。再说，他让人物长出尾巴等情节属拉美魔幻。我面对至今也不能消除的乡村鬼事，自审依旧属于生活真实的现实主义范畴。好在基本没有人批评我“宣传迷信”。

二是田小娥的鬼魂不散制造瘟疫，朱先生和白嘉轩修塔镇压的情节，却出了一点麻烦。关于这个情节的合理性，同样不做阐释，我已因评论家和读者的评说深感欣慰了。麻烦恰恰出在关于这个情节的写作上，有一位批评《白》的评论家说，这是模仿鲁迅《论雷峰塔的倒掉》里那座镇压白蛇的塔而写作的。如实说来，我从构思到实施写作这个情节时，确实想到过镇压白娘子的雷峰塔，我最终没有回避，是以为此塔与彼塔还是有区别的。再者，储存在我记忆里的塔，有记不清的许多座，而镇压白娘子的雷峰塔是在中学语文课本上才知道的。单说我们那个三四十户人家的小村庄，不仅有四座敬神的庙，敬着关公敬着佛爷（不知谁），还有一座仅为一间房的马王爷庙，那是为保家畜安全而修建的最小的庙。此外，还有四座镇邪驱鬼的高低和粗细不同的塔，分别建在村子的东头和西头。

我能在村子里玩耍的年纪，常和伙伴在其中的三座塔周围游戏，至于这三座塔因何故而修建，不甚了了，而第四座塔却是我眼见着修建起来的。20 世纪 50 年代初，我们村子发生过牛的瘟疫，作为农户半个家当的犍牛和母牛一头接着一头死掉了，我父亲养的一头黄色皮毛的牛也未躲过。第二年又有一种儿童传染病流行，村子里夭折了六七个娃娃。接连发生的灾难，搞得村子里一片悲伤的气氛，便有人出招，应该找一位能禳灾驱祸的阴阳先生来，看看哪儿出了毛病。被请来的阴阳先生很认真，把我们村子东部和西部的坡地踏察了一遍，最后把脚步停驻在村子西头稍微偏后的小台地上，说，给这儿修一座塔。据说他给村里干部说明修塔的原因，是村子东头有一道深沟，村口已有一座塔，避了邪气妖孽，邪气妖孽却从村子西边的沟里钻进村子来施虐了。村里干部召集全体村民议事，得到一哇声的拥护，家家户户都交去了该分摊的粮和款，这座青石垫底料礓石砌身青砖镶顶的塔很快垒成了，塔的高度和塔身的直径，都是严格遵照阴阳先生设定的尺码修筑的。这是我眼看着平地而起的一座塔。

我家在村子西头的倒数第二家，距这座新修的也是村子里最高最粗的塔，不过百十步距离，尽管当时我只是一个小学高年级学生，似乎隐隐也感觉到了驱邪避灾的安全感。其实，何止我们那个小村子，在我走到过的大大小小的原上原下的村子，都有敬神的庙，更有驱邪避祸的塔，有的且不止一座。

乡村里后来经历了一场连一场的运动，传承了许多代人的敬祭神灵的庙会废止了，香火也断了，庙里神像的色彩也渐渐褪色，以至褪皮，再也没有谁敢张罗重塑，却也没有人搬掉神像，而是一任其垮塌。塔更无人问津，风吹雨淋，村东村西的四座高低不同的镇压不同来路鬼魅邪恶的塔，先后倒塌，了无痕迹。这些敬神驱鬼的庙和塔的消亡，主要是多种运动扫荡的结果，也包含着乡民对神和鬼之事看法的变化，通常说觉悟提高了，起码对神鬼这类被指斥为封建迷信的事是如此。我在高中政治课上学习《辩证唯物主义常识》时，又有附加教材《不怕鬼的故事》，自信已基本确定为既不信神又不信鬼的唯物论者，回到村子听到鬼事时，我便向乡民宣讲纯属迷信的道理，年轻气盛到不能容忍鬼事继续迷蒙乡人。尽管如此，直到我在 20 世纪 80 年代中期回看白鹿原前半世纪的生活演变时，那些沉潜在记忆深处的庙和塔里的神和鬼，以及我亲历的听说的鬼事，竟然也都浮泛上来了，而且不仅只是封建迷信的概念，而是和原上原下的男女人物的心理结构中的文化色彩大有关系……无法排除神，更无法回避鬼，尽管知道法海用雷峰塔镇压过白娘子，仍然让白嘉轩把田小娥的尸骨压埋到塔下，不惜犯模仿这种写作之大忌。唯一让我可以强词夺理的因素，便是原上原下那个时代里的真实生活的难以回避的世相，白嘉轩面对田小娥的鬼魂，除却修塔这种惯用的也是极端的手段，似乎都不足以达到彻底解决的目的。

生活发展到改革开放的年代，科学思维以迅猛之势连续冲决政治概念上的个人迷信，无疑给人鼓舞，而传统习惯里的封建迷信却在刚现宽松的社会氛围里死灰复燃。20 世纪 80 年代初，我的家乡的一座业已拆除多年的古庙又得以重建，引发了不大不小的社会舆论。这座古庙位于白鹿原北坡西段，曾经是西安城东规模最大的一个庙会，每年农历二月二俗称的龙抬头的吉祥日子为会日，人山人海。大约在“文化大革命”前两三年已被拆毁，倚坡而挖的敬着多路神仙的窑洞也被挖掘机械毁掉了，那儿刚刚建立了一家机械生产砖瓦的国营工厂。二十多年后，当地乡民串通联手，捐资捐粮，在原坡上很快挖出新窑洞，窑洞里又塑成了神像，二月二烧香拜神包括乞子的庙会又红火起来。当地政府曾经力阻而不能止，随后就任其自然了，直到现在红火依旧。我曾在事发之初，理智和情感上都不能接受这种封建迷信活动，曾写过一篇随笔类短文发在当地报纸上，不惜惹恼乡党。然而谁也不在乎我那篇小文章，庙会每年依旧红火，我也只能随其自然了。

说了这些鬼事，似乎想图得一缕抛却的轻松；回头一想，其实无论镇鬼的塔或记忆里的鬼事，早已失去分量，仅留下习惯性的生理反应；写罢这篇谈鬼事的文章，不知能否除去头发倒竖头皮发凉的生理反应，还有“说鬼”没有说好更没有说完全的心理亏损，也只能随其自然了。

愿白鹿长驻此原

独寻秋景城东去，白鹿原头信马行。

这是白居易一首七绝中的两句。每有机缘上原，心头便会涌出这首绝句，情绪顿时也会畅朗起来。我无法想象千余年前的白居易纵马白鹿原上寻到的是怎样一幅秋色美景，单是眼前的一派绿色，已经让我沉醉了。

一条新修的宽敞的公路盘旋在西边原坡上，两边是层层叠叠的绿树。刚刚从酷暑进入初秋，尽管杨树柳树槐树等树木的树冠呈现着深色和浅色的小小差异，却依然流露着蓬勃的气象。草木清爽的气味，诱使我连续深呼吸。这里曾经是荒坡和梯田。荒坡上长满枣刺和杂草。梯田里一年只种一料麦子，因为缺水缺肥，麦子长得矮小细瘦如同猴子的黄毛，收割时搭不住镰刀，只能用手薅，民间戏称薅猴毛，产量也就可想而知了。大约不过十年前，那种延续了不知多少年的广种薄收乃至无收的景象中止了，退耕还林，便有了这一派让上原和下原的人心旷神怡的绿色。

上原的路大约走到一半，有一道平台，自南到北散落着一个个或大或小的村庄，俗称二道原。民办大学思源学院已成气候，随坡倚势建造成一幢幢楼房，校园里如同精心构设的花园，四季轮番开放的花草和花树，弥漫着种种诱人的香气。这里活跃着来自全国各地的两万余名学子，避开了都市的喧嚣，在这一方天地汲取知识。校方扶持建立了白鹿书院，我常和一些文学朋友到书院交流，尽管他们多是走南闯北见惯了奇山异水的人，也多感佩这一方地域独有的脉象。大约十年前，这所大学的创始人周先生约我参加一个座谈会，把他想在白鹿原的二道原上创办一所民办大学的意图坦陈出来，让大家论证。我那时竟然很激动，一时尚不敢估计这座古原破天荒建立的第一所高等院校的深远影响，却也想到不仅是每年能有多少年轻人完成高等学业，更有对原上乡民文化意识的潜移默化的启示。十年过去，这所学院不仅被评为全国十大民办大学，而且让民办大学由二道原扩展到白鹿原上，挂着种种专业校牌的民办大学已建成十余所，形成了一个颇具规模的民办大学城。就我粗略的印象，1949 年新中国成立前，这道原上只有两三所新式小学；截至 20 世纪 90 年代，仅有三四所中学，分属三个区县督管；到今天不过十年时间，这里已经形成拥有十余万学子的民办大学城了。从这些民办大学门前经过的时候，我常有不可思议的感慨，变化之快几乎让我不敢相信，随之也生出生不逢时的自怜，如若晚生许多年，就不会留下缺失高等教育的人生遗憾了。

原的西部已经几乎看不到庄稼，传统的麦田消失了，蓬勃着一眼望不透的樱桃树。种植樱桃和小麦的悬殊的收益，是任谁都不会拒绝对樱桃的选择。每到五月樱桃成熟时节，原上原下和原坡的万亩樱桃园里，笑语喧哗，那是西安城里人或呼朋唤友或扶老携幼上原摘樱桃时忘情的声浪。秋天刚刚来到原上，葡萄又熟了。樱桃几乎是家家户户都有种植，而葡萄却是规模化的集中栽培。原上先后建起三家较大规模的果园，两家既种樱桃又种葡萄，还有一家是专门种植葡萄的园子，种植面积有几百亩到过千亩，都是以最严格也最规范的技术措施栽培管理。我曾有幸参观，可谓大开眼界，且不说那些颇为深奥的技术措施，外行的我看到细水浸润的滴灌设施，顿然感知到现代农业和粗放管理的农业的差异来。为了保证果品的品质，一概不用化肥，连复合型的肥料也不用，而是从内蒙古草原收购牧民的牛羊粪，集中窝沤，使其熟化，再从千里外的内蒙古草原运回原上，单是这项投入的工本就令我咋舌了。这样培植的樱桃和葡萄，不仅味美，更让消费者放心，价格也就高出普通果园的樱桃、葡萄几倍。我走在这家葡萄园里，满眼都是紫红的葡萄串儿，嘴里就有口水溢泛。这位种植园主是我的同乡，一位卓有建树的农民科学家，曾获得国务院的褒奖，那是他向乡民传授各种果树管理技术赢得的奖励。他在原上亲自种植葡萄，更带有示范的效应。我更多感佩的却是这道原的变化，自古以来白鹿原缺水，向来不植一株果树，即使庄稼，也只能保证一料小麦的收成，多有的伏旱，秋天的作物十有九年都无收获。更甚者，生活用水都很困难，原下人调侃原上人说，早晨起来，夫妻对面吐唾沫儿洗脸。现在，每个村子都有深井，自来水通到家家户户，果园也就蓬勃起来了。白鹿原高过渭河平原二百米，昼夜温差大，无论樱桃无论葡萄的甜蜜就享有天时地利的优势了。

绿树掩映着的一个个或大或小的村庄，既是古老的，又是新生的，古老到和这道原的历史一样悠久，新生在于现在的村庄已经完全改换出一派新的风貌，一幢幢二层小楼或平房，从绿树的空隙间显露出来。如果走进村巷，便会看到甚为讲究的一个个农家院的门楼上都有题款。几乎看不到土坯垒墙的传承了千年的厦房了。沟通每一个村庄的道路全部实现了硬化——水泥路面，永久性地告别了泥泞小路。我曾陪《白鹿原》剧组的朋友踏访原上村庄寻找外景地，失望而归，二十世纪的白鹿村的影像荡然无存。我不为剧组的失望而失望，倒为原上的乡党而庆幸，他们终于获得了安逸富足的生活，既不为锅里缺米缺面而熬煎，也不为屋漏而愁肠百结了。

写到这里，我突然意识到，每触及一景，便牵出这一景地昨天的景象来。似乎不是有意为之，而是一种自然的不可违逆的心理反应，昨天的贫瘠景象贮存太久，而今天焕然一新的景象来得太快，作为这道原的亲历者，发生今天与昨天的鲜明而又强烈的对比，欣然的感触和感慨就是本能的心理反应了。

因为一只白鹿的出现，这道原便有了象征着吉祥安泰的白鹿的名称。随后，汉文帝葬在白鹿原西北的原坡上，原坡根下流淌着灞水，文史典籍称为灞陵，这道原也被改名为灞陵原，民间却少有人说。自北宋大将军狄青在原上屯兵驯马，这道原又被改换为狄寨原，一直沿用至今，白鹿原的名字早已湮灭以至消亡了。近年间，因为拙作《白鹿原》的发行，这个富于诗意也象征着吉祥安泰的白鹿原的名字又复活了。白鹿原名称的重新复归，恰当其时，多少代人期盼向往的富裕和平的日子已经实现，却是改革开放的科学而又务实的富民国策实施的结果。

愿白鹿长驻此原。

我说关中人

编委会的同志把一部《灞桥区民间文学集成》的书稿端给我，我十分惊讶。面对这一部规模宏大厚可盈尺的书稿，我当即想起我曾经说过关中人只会吼秦腔而不会唱民歌的话，觉得对故乡有妄自菲薄的不大恭了。

读着书稿，油然唤起我童年诸多的记忆，美好而又亲切。我是灞桥辖区人，书稿里好多传说神话故事笑话民歌民谣童谣以及地子词儿，在我混沌未开时就听过和说过的，尤其是跳地子的情景，犹觉历历在目。

戏是演的秧歌是扭的地子却是跳的。跳地子，正月新年破五待客一过，村里跳地子的能手脚也痒痒手也痒痒喉咙更加痒痒了，从祠堂木楼上取下用竹竿苇秆木棍儿绑扎的马架驴架船骨架，用彩纸糊了用白布围了用巧妇剪下的花儿草儿图案装饰一新，就成了漂亮的道具。那些新老演员聚在融融的阳光下演练唱腔的台架。在祠堂外的官场一上，吊起官油粗稔的灯盏，锣鼓家伙把整个村子都震得颠颠蹦蹦沸沸扬扬。演员一跳进场子，男人女人便嘻嘻哈哈争相辨认其本来面目，他们用墨汁或是锅底黑涂抹加重了眉毛，用红色颜料或是用唾液浸湿了红纸染到脸膛上，用上好的细面涂抹鼻子，棉花粘在下巴上是最好的胡须，衣服全是借新媳妇们的红裙绿袄。女人们嘻嘻说：“这是你阿公个老东西嘛！打扮成个妖婆子了！”男人们则肆无忌惮地嚷嚷：“牵驴的是狗蛋个狗日的嘛！”一出情趣横生的《小喜接妹》，一出引人捧腹的《秃娃尿床》和《脏婆娘》，一出慷慨悲壮的《祭灵》，一出令人肝肠寸断摄魂动魄的《断桥》，接连演下去跳下去。有时候几个村子联合跳地子互相比赛互相交流，有时候被邀到附近的村子去跳，热情的村子在跳完以后招待一顿臊子面，冷淡的村庄连一壶茶水也不给喝，演员们回家的路上就骂出一句双关的话：“咱给狗日的白跳了。”

地子是我最早接受过的表演艺术。

我之所以妄言关中人只会吼秦腔而不会唱民歌，主要是有感于陕北的信天游和陕南的山歌。我很小就从课本上广播上领略过陕北民歌信天游的魅力，及至去了陕北接触到了一些未经艺术家加工改造的原生状态的民歌，首先惊异其直率和泼辣。尤其是无以数计的表现情爱的情歌，把男女间的痴情挚爱甚至相爱的形式都唱得赤裸裸的。我之后在陕南有幸听过一位来自民间的真正的民歌手未经驯化的嗓子的吟唱，虽然格调曲律与信天游相去甚远可谓南辕北辙，但就表现情爱的直率而言，也是情切切火辣辣赤裸裸无遮无掩。我于是很遗憾我们关中人只会吼而不会唱……

关中有如此丰厚的民间文学的蕴藏，其中民歌民谣和情歌有许多传诵甚远的佳作，只是关中的情歌歌词含蓄腼腼腆腆羞羞答答，不似陕北陕南的情歌那么大胆那么坦率那么爱死爱活。那种十分普及的地子实际上已经算是一种初级的舞台表演艺术。许多地子节目是从正本秦腔里拆卸下来的精彩片段，只是语言唱词更加通俗易懂更加口语化，情节也经过删繁就简更加集中，唱腔则完全套用地子较为生动活泼的小曲小高而摆脱了秦腔严格的曲牌。地子作为一种简便易演的娱乐形式得以普遍流行，成为文化生活极度贫困的乡民们的一种精神滋润。形成灞桥民歌以及民间文学种种特质的因素可能很多，我主要想到的是生活在这块特殊方位上的乡民们的文化心理因素。

灞桥地区占有历史上咸宁县的大部疆域。咸宁早属古雍州地，名称屡易，曰芷阳曰灞陵曰南陵曰杜陵曰万年曰大兴。唐天宝年间始改为咸宁，辛亥革命后废咸宁而统归长安县。在汉唐时咸宁为京畿之地，其后一直作为关中第一邑直到封建制度彻底瓦解。作为京畿第一邑的咸宁，随着一个个封建王朝的兴盛走向自己的历史峰巅，自然也不可避免随着一个个王朝的垮台而跌进衰败的谷底；一次又一次王朝更迭，一次又一次老帝驾崩新帝登基，这块京畿之地有幸反复沐浴真龙天子们的徽光，也难免承受王朝末日的悲凉。难以数计的封建王朝的封建帝君们无论谁个贤明谁个残暴，却无一不是期图江山永铸万寿无疆，无一不是首当在他们宫墙周围造就一代又一代忠勇礼仪之民，所谓京门脸面。封建文化封建文明与皇族贵妃们的胭脂水洗脚水一起排泄到宫墙外的土地上，这块土地既接受文明也容纳污浊。缓慢的历史演进中，封建思想封建文化封建道德衍化成为乡约族规家法民俗，渗透到每一个乡社每一个村庄每一个家族，渗透进一代又一代平民的血液，形成这一方地域上的人的特有文化心理结构。在严过刑法繁似鬃毛的乡约族规家法的桎梏之下，岂容哪个敢于肆无忌惮地呼哥唤妹倾吐爱死爱活的情爱呢？ 即使有某个情种冒天下之大不韪而唱出一首赤裸裸的恋歌，不得流传便会被掐死；何况禁锢了的心灵，怕是极难产生那种如远山僻壤的赤裸裸的情歌的。

然而，灞桥地区广泛流传的民间文学仍然显示了丰厚的蕴藏。 毕竟是平民的文学创作，其本性仍属于人民，这与陕北陕南以及各地的民间文学毫无二致。 因为所禁太严所缚太紧而不能痛痛快快地做赤裸裸的表述，因而更见淳厚更见幽默更见机智更显深沉，更是我们探究关中人文化心理结构的一条途径。 如此大量的传说故事歌儿曲儿的作者们无一留名，他们不是为了发表成名更不是为了获得诺贝尔奖走向世界，充其量不过是为了发泄一点情绪倾吐一缕思恋，因而从本体上就铸就了这些作品的可贵的人民性，也是这些作品得以广泛流传民间历经沧桑而不泯灭的根本所在。

作为灞桥土著，我对本乡本土产生流传的民间文学虽未专门研究，却兴趣甚浓。 我无疑接受过这些优秀作品有益的滋润，以致今天重温这些故事歌谣时，那种对于儿时记忆的印证所产生的亲切感是难以表述的。 我因此非常感激和敬重编撰这部书稿的同志，以及一切参与组织这项抢救民间文学遗产工作的同志，做成了一件了不起的大好事。

（此文系《灞桥区民间文学集成》序）

别路遥

我们不得不接受这样的事实，无论这个事实多么残酷以至至今仍不能被理智所接纳，这就是：

一颗璀璨的星从中国文学的天宇陨落了！

一颗智慧的头颅终止了异常活跃、异常深刻也异常痛苦的思维。

这是路遥。

他曾经是我们引以为自豪的文学大省里的一员主将，又是我们这个号称陕西作家群的群体中的小兄弟；他的猝然离队将使这个整齐的队列出现一个大位置的空缺，也使这个生机勃勃的群体呈现寂寞。当我们：比他小的小弟和比他年长点的大哥以及更多的关注他成长的文学前辈们看着他突然离队并为他送行，诸多痛楚因素中，最难以承受的是物伤其类的本能的悲哀。

路遥从中国西北的一个自然环境最恶劣也最贫穷的县的山村走出来，为中国当代文学的繁荣创造了绚烂的篇章。这不单是路遥个人的凯歌。它至少给我们以这样的启迪，我们这个民族所潜存的义无反顾的进取精神和旺盛而又强大的艺术创造力量。

路遥已经形成开阔宏大的视野，深沉睿智的穿射历史和现实的思想，成就大事业者的强大的气魄，朝着创造的目标，实现创造理想时必备的坚韧不拔的意志和艰苦卓绝的耐力，充分显示出这个古老而又优秀的民族的最优秀的品质。

路遥热切地关注着生活演进的艰难的进程，热切地关注着整个民族摆脱沉疴复兴复壮的历史性变迁，以及由此而产生的巨大痛苦和巨大欢乐，路遥并不在意个人的有幸与不幸，得了或失了，甚至包括伴随着他的整个童年时期的饥饿在内的艰辛历程。这是作为一个深刻的作家的路遥与平庸文人的最本质区别。正是在这一点上，路遥才成为具有独立思维和艺术品格的路遥。

路遥短暂的“人生”历程中，躁动着炽烈的追求光明追求美好健全社会的愿望，他没有一味地沉默也不屑于呻吟，而是挤在同代人们中间又高瞻于他们之上，向整个社会和整个世界揭示这块古老土地上的青春男女的心灵的期待，因此而获得了无以数计的青春男女的欢呼和信赖。他走进他们心中。

路遥的精神世界是由普通劳动者构建的“平凡的世界”。他在中国当代作家中最能深刻地理解这个平凡世界里的人们对中国意味着什么。他本身就是这个平凡世界里并不特别经意而产生的一个，却成了这个世界人们的精神上的执言者。他的智慧集合了这个世界里的全部精华，又剔除了母胎带给他的所有腥秽，从而使他的精神一次又一次裂变和升华。他的情感却是与之无法剥离的血肉情感。这样，我们才能破译长篇小说《平凡的世界》里那深刻的现代理性和动人心魄的真血真情。路遥在创造那些普通人生存形态的平凡的世界里，不仅不能容忍任何对这个世界的过去和现在、历史和现实的解释的随意性，甚至连一句一词的描绘中的矫情娇气也绝不容忍。他有深切的感知和清醒的理智，以为那些随意的解释和矫情娇气的描绘，不过是作家自身心理不健全的表现，并不属于这个平凡世界里的人们。路遥因此获得了这个平凡世界里数以亿计的普通人的尊敬和崇拜，他沟通了这个世界里的人们和地球人类的情感。这是作为独立思维的作家路遥最难仿效的本领。

我们无以排解的悲痛发自最深切的惋惜。四十三岁，一个刚刚走向成熟的作家的死亡意味着什么。本来，我们完全可以自信地期待，属于路遥的真正辉煌的历程才刚刚开始。我们深沉的惋惜正是出自对一个文学大省、一个国家和民族的文学事业的无法弥补的损失。

一切已不能挽回于万一。所有期待即使是自信的有把握的，也都在五天前的那个早晨被彻底粉碎了。然而我们就路遥截至1992年10月17日早晨8时20分的整个生命历程来估价，完全可以说，他不仅是我们这个群体在更广泛的中国当代青年作家中，也是相当出色相当杰出的一个。就生命的历程而言，路遥是短暂的；就生命的质量而言，路遥是辉煌的。能在如此短暂的生命历程中创造出如此辉煌如此有声有色的生命的高质量，路遥是无愧于他的整个人生的，无愧于哺育他的土地和人民的。

以路遥的名义，陕西作协寄望于这个群体的每一个年轻或年长的弟兄，努力创造，为中图文学的全面繁荣而奋争。只是在奋争的同时，千万不可太马虎了自己，这肯定也是路遥的遗训。

路遥同志，你走完了短暂而又光辉的“人生”之旅，愿你的灵魂在“平凡的世界”里的普通劳动者中间和他们赖以生存的土地上得到安息！

陕西作家应对中国当代文学做出无愧贡献

对于陕西作家和整个陕西文学界具有重大意义的第四届作代会，圆满完成了既定的程序，胜利闭幕了！我们可以说，陕西文学界将进入一个新的发展时期。

关于新时期以来陕西文学的成就和未来的目标，胡采主席已经在他的报告中做了充分的阐述，我这里仅就为实现这个目标表示一下本届理事会和主席团的初步思路。

我们的思路是出于这样的一种基本认识，即对陕西作家群的现状分析。

在“文革”造成的陕西文坛一片荒芜的废墟上，从70年代末到80年代初随着整个国家和民族的一个新时代的开始，陕西文学界同时开始涌现出一批青年作家，这是最早在中国当代文坛形成影响形成气候形成群体并引起瞩目的一代作家，他们对新时期以来的中国当代文学的贡献是显著的。这一代青年作家经历了新中国成立以来社会的政治的以及文学在内的生活演变的全过程，生命体验日趋深刻开始进入理性境界，艺术实践艺术体验也逐渐趋向成熟阶段，然而他们中的大多数人也年届五十这个生命大关，从现在起到本世纪末下世纪初的十年，将是他们人生历程和艺术创造的最重要的十年，甚或可以说是最后一个黄金般的艺术生命的十年。

我们满怀信心地期待着，这一代作家更为杰出的丰收喜讯，必有对陕西文学和中国文学重大建树的精品出世。

80 年代中期以后涌现的一批更为年轻的作家，其中的大多数人已经走过了他们的艺术体验的初试阶段，初尝艺术创造成果的兴奋和欢悦逐渐沉寂，正在进入形成属于自己独特的生命体验和艺术体验的关键性阶段，他们正处于人生历程中最富于创造活力的年华，处于艺术创造最活跃的黄金时期，他们中间的一些人已经进行了大量的艺术实践而趋向成熟，开始形成独立的艺术个性和较为显明的艺术风格，而且开始在中国当代文坛产生影响并脱颖而出。

未来十年对于无论哪一个年龄档次的陕西作家都是至关重要的，而最重要的一点是任何一个都耗费不起有限的生命。本届代表大会产生的主席团，将清醒地认识并理解这一基本的现实，将坚定不移地围绕保证作家进行艺术创造尽最大可能释放各自的艺术能量这个中心而开展工作。

朋友们，我们面临的社会现实是，处于全面深入改革开放的祖国，社会生活的各个领域都在发生着重大的根本性的合理性转换和适应性调节，这种转换和调节的过程，就其实质来说，无疑是一个民族从僵化停滞状态恢复发展进步的一个历史性过程，这个过程无疑又是一个较为漫长的过程。在这个过程中，社会结构生活秩序必然要重新打乱重新调整重新安排，而最深刻最敏感的当然又是人的心理结构和适应性调整和重新安排的一个过程，必然会带来某种紊乱某种不适某种惶惑乃至某种痛苦某种欢乐，所有关于文学贬值艺术掉价作家处境尴尬的现象，就其实际来说也是属于这个过程中的必然。所幸的是，陕西作家在这个过程中基本保持着依然整齐的队列，这是最值得庆幸最值得骄傲的事情。本届主席团受命于五百多名会员代表的委托和信赖，首要的职责就是巩固发展壮大这个群体，我们陕西作家应对中国当代文学做出无愧贡献不屑于堂吉诃德式的与市场经济所引起的重大社会进步相挑战，也不屑于中国旧文人安贫乐道道士式的清贫，更不能再继续那种随便抓一个馒头进行长篇小说创作的状况。我们将把改善作家创作条件和生活条件作为最现实最迫切的一件工作提上议程，虽然我们不具备使每个作家都变成大富豪的谋略，但对改变馒头加大葱的闲境充满信心。这里必须申述清楚，做这种努力的初始目的和最终目的只有一个，就是保证现存创作队伍的完整并使其更加雄壮，使这个群体中的每一个个人都能有进入沉静的艺术创造的状态。

我们将努力倡导另外一种有利于作家进行创作的环境和氛围，即和谐。我们已经经历了太多的社会动乱和极左运动的灾难，我们也看到了这个队伍之间某些门户之见文人相轻所造成的心灵伤害。罗曼·罗兰说过，在文艺团体中，作为领导者的一个重要责任，就是防止作家艺术家互相伤害。本届主席团将毫不动摇实践大会的主旨，大胸怀大视野大气魄既包含艺术创造也包含作家自身人格建设，在这个群体中倡导互相尊重互相友好，既尊重他人人格也尊重他人的艺术兴趣。只有培养自己的博大胸怀才能达到这个群体的大团结，道理很简单，既然商潮已经迫使作家进入尴尬境地，作家们自己如果互相摩擦互相伤害将更加难以生存。我代表主席团坦诚地向全体朋友郑重宣布，我们自己首先身体力行做出表率，无论陕南陕北关中，无论老年中年青年男人女人，尊重所有作家的艺术追求艺术兴趣艺术探索，不遗余力地为创造形成一个团结和谐友好的大团结的创作氛围而努力。

陕西以胡柳王杜李魏为代表的新中国第一代作家曾经辉煌于五六十年代的中国文坛，对新中国的文学做出了永不磨灭的贡献，他们的名字将和这个民族一样不朽。我们这一代人中，也有几位兄长和小弟燃烧出灿烂的光芒，他们对文学的不悔精神将成为我们这个群体的财富。

我们倡导这个群体的每一个成员，有勇气有锐气有志气有才气有骨气。

我们相信在这个群体里会形成大胸怀大气魄大视野，出现大作品大作家。

我们目的是一致的，陕西作家应该而且能够对中国当代文学做出无愧贡献！

（此文系陕西省作家协会第四次会员代表大会闭幕词）

兴趣与体验

一

到五十岁才捅破一层纸，文学仅仅只是一种个人兴趣。

为什么读了头一本小说就无法抑制，就产生了一种想把中学图书馆的小说都挨个读一遍的强烈欲望，现在想来就只能归于兴趣。人的兴趣是多种多样的，兴趣在小小的年纪就呈现出来，有的喜欢画画，有的精于算计，有的敏于乐感，有的巧于魔术变幻……文学只是人群中千奇百怪的兴趣中的一种。

首先是阅读直接诱发起我对文学的兴趣。上初中时我阅读的头一本小说是《三里湾》，这也是我平生阅读的第一本小说。赵树理对我来说是陌生的，而三里湾的农民和农村生活对我来说却是熟识不过的。这本书把我有关农村的生活记忆复活了，也使我第一次验证了自己关于乡村关于农民的印象和体验，如同看到自己和熟识的乡邻旧时生活的照片。这种复活和验证在幼稚的心灵引起的惊讶、欣喜和浮动是带有本能性的。我随之便把赵树理已经出版的小说全部借来阅读了，这时候的赵树理在我心中已经是中国最伟大的作家；我人生历程中所发生的第一次崇拜就在这时候，他是赵树理。

也就在阅读赵树理小说的浓厚兴趣里，我写下了平生的第一篇小说《桃园风波》，是在初中二年级的一次自选题作文课上写下的。记得老师给了我前所未有的大篇幅的评语，得分为 5^+……我这一生的全部有幸和不幸，就是从阅读《三里湾》和这篇小说的写作开始的。

时光已经流逝了整整四十年。四十年前写作那篇小说时的我，根本不会想到也无法料知今天的我的这一番模样。平静说来，那篇小说本不是当作小说写的，更不是为了出版为了发表为了挣稿费为了什么什么，仅仅只是为了完成一次语文老师布置的自拟选题的作文……当我今天编选这一套三卷本的小说选集的时候，无法湮灭的记忆很自然地又活跃起来，真是感慨系之。

兴趣不衰，热爱之情便不泯。于是就想通了那些被文学这个魔鬼缠住的人之所以被监禁流放被剃阴阳头被踢屁股历经九死而不改不悔的全部缘由。面对在我之先的上两代经历过阴阳两界巨大痛苦的作家，我从来不敢把自己追求文学所招致的小小灾难当作灾难，更不敢把它当作某种资本去争取文学以外的价值。所有对文学情有独钟的人都经历了那个过程，一个不可跨越无计逃遁的火与冰的过程，灾难和痛苦只分深浅或者说轻重，而不是有无。完全得意于那个过程的人是另一种形态或另一种意义上的作家。我在四十年的文学历程中的灾难属于轻的一种，痛苦也属于浅的一类，但毕竟都一一经历了，于是我就有了属于自己的最真切也最牢靠的关于生命和艺术的体验。我常想，那些刚刚走出牢门结束了流放的作家，之所以还能摊开稿纸拧开钢笔，恐怕不是为了出名为了发财抑或还为了什么什么吧？ 我想只是兴趣。

兴趣是会转移的，不是所有人都会受一种兴趣的支配而在文学这条路上从天明走到天黑。 如果他对文学的兴趣转移了，可能转移到制造导弹保卫疆域，也可能转移到要猴变魔术玩杂技博取观众的喝彩去了。 兴趣转移是人类的正常行为，许多人的兴趣从文学转移到其他领域而且做出了卓越的创造，也有许多人的兴趣从另一样事业转移到文学上来同样写出了辉煌篇章。 从这个最简单的本质意义上说，关于文人下海的讨论没有多少实际意义。

文学是个魔鬼。 然而能使人历经九死不悔不改初衷而痴情矢志终生，她确实又是一个美丽而又神圣的魔鬼。

二

到五十岁时还捅破了一层纸，创作实际上也不过是一种体验的展示。

体验包括生命体验和艺术体验而形成的一种独特体验。 千姿百态的文学作品是由作家那种独特体验的巨大差异决定的。出于对创作这项劳动的如此理解，我觉得作家之间和作品之间只有互相宽容百花齐放，因为谁也改变不了谁的那种独特体验，谁也代替不了谁的那种独特体验。 红花没有必要嘲讽白花，黄花也无必要笑傲紫花，家花更代替不了野花，洋花卑视土花并不能以此显示尊贵。 所有红花白花黄花紫花家花野花洋花土花，应该不断完善自身以期更加完美，应该互相鼓励以求更加扩大差异，才会百花齐放争奇斗艳万姿纷呈；要么互相杂交取优汰劣生出一种或几种土洋结合家野合璧的杂种新种，可能不失为一种创造。

总之，不要互相敌视互相撕咬互相消灭，作家毕竟又不是某一种花，他的那个独特体验是消灭不了的；任何一种花的生存，应该靠自身的姿色，也仅仅只能依赖自己的姿色去生存，作家是用作品和这个世界对话的；企望依靠非花（即非文学的因素）去达到花（即文学）的目的，肯定说是不可能的，文学史上无论在中国和外国在这方面都没有得手的先例；应该消灭的不是任何一种花，而只能是罂粟毒株。

生命体验由生活体验发展过来。生活体验脱不出体验生活的基本内含。生活体验或体验生活对于任何艺术流派艺术兴趣的作家都是不可或缺的。普遍的通常的规律，作家总是由生活体验进入生命体验的，然而并不是所有作家都能由生活体验进入生命体验，甚至可以进入生命体验的只是一个少数；即使进入了生命体验的作家也不是每一部作品都属于生命体验的作品，这是我通过阅读所看到的中外文坛上的基本的现状。

出于对创作的这样的理解，新时期以来我基本没有参与文坛的种种争论，也不想把自己归结于某一种新潮“主义”的旗帜下。因为在我看来，任何一种流派任何一个“主义”的产生，都是作家的独特体验孕育的结果，不是硬学的，硬学是学不来的，模仿的结果只能是画虎类猫。但艺术毕竟是相通的，可以互相影响，可能用一种流派的长处弥补另一种“主义”的短处，可以加深扩展自己对艺术的体验。

新时期中国当代文学的全面复兴，我是经历了一个全过程，这套选集里的长、中、短篇小说全部选自我 1978 年截至 1992 年初的作品，我在编选时已经惊讶起初几年的一些短篇的单薄和艺术上的拘谨，再显明不过地展示出我艺术探索的笔迹。无须掩丑更不要尴尬，那是一个真实的探索过程，如同不必为自己曾经穿过开裆裤而尴尬一样。《白鹿原》出版后，我基本没有再写小说。我想读书，我想通过广泛的阅读进一步体验艺术。我不追求著作等身，只要在有生之年能多出一本两本聊以自慰死后可以垫棺作枕的书，就算我的兴趣得到了报偿。

生命体验是可以信赖的。它不是听命于旁人的指示也不是按某本教科书去阐释生活，而是以自己的心灵和生命所体验到的人类生命的伟大和生命的龌龊，生命的痛苦和生命的欢乐，生命的顽强和生命的脆弱，生命的崇高和生命的卑鄙等难以用准确的理性语言来概括而只适宜于用小说来表述来展示的那种自以为是独特的感觉。

三

刚刚交上知天命的五十岁时，写完了《白鹿原》。写完这部长篇，关于文学和创作的两层纸才捅透打破了，也发觉自己完全固执于独特体验的己见。

许是因了这部长篇的连锁反应，在此之前的中篇和短篇也不断地被出版社组装出版，印数之大仅仅在此前两年是做梦都不敢想的。很简单，读者恐怕也是出于我当初读《三里湾》之后的那种心理，便想读我的其他小说，这很正常。我当然很高兴，读者多了，作家与读者交流沟通的渠道也就拓宽了，这是任何形态的艺术创造的本意。艺术创造就是为了沟通，小说不过是作家的双重体验和读者沟通的媒体。文学作品沟通古人和当代人，沟通不同肤色不同语系的东方人和西方人，沟通心灵。一部作品能够广泛地完成那个沟通，作家创造的全部目的就算实现，再无须多说一句话，只任人去说。

长篇《白鹿原》从发表到现在接近两年，我收到过数以千计的读者来信，许多信读罢常常使我陷入沉默无言只想喝酒。“我想写出这本书的人不累死也得吐血……不知你是否活着还能看到我的信么？”这是石家庄一位医生或护士写来的信中的一句话。我想借着这套选集出版作序的机缘，向这位读者和所有关心关注我的朋友致以真诚的谢意，我活得依然沉静如初，也还基本健康。

当然，我更应该告诉读者朋友，这套小说选集包括 1992 年以前的主要作品，小说领域里的长、中、短的形式都算实践过了。明天，我肯定还要展示我的新的体验，绝不会重复自己；重复别人是悲哀，重复自己更为悲哀；重复的直接后果是艺术创造的萎缩。

创造者是心地踏实的。

（此文系《陈忠实小说自选集》序）

心灵独白

这应该是我的第四本散文集。

第一本散文集是《生命之雨》，陕西省教育出版社 1996 年夏天出版。编辑王喆是我的小乡党，正在中学念书时，曾到我所供职的灞桥区文化馆找过我，记得是一帮喜好文学的中学生，叽叽喳喳地问个没完没了。多年以后她以一个出版社编辑的姿态寻访我的时候，我没有想到这就是那一帮喜好文学的中学生中的一位。腼腼腆腆地向我说明来意，希望能经她的手为我出一本书。我不好意思把过去已经出过书的小说再重新组合出版，尤其是面对这个小乡党腼腼腆腆纯洁真诚的眼睛。我便向她提出出散文集的申求。

关于散文，也是我很喜欢的一种文体。我的处女作发表的首先是散文，那是“文化大革命”前一年多时间的事，而第一个短篇小说的写作和发表却是八年以后的事了。新时期文艺复兴以来，我以小说写作为主，其间也抽空写一些散文。80 年代中期以前，我在乡村基层工作岗位上，散文选材多是面对急骤变化的生活而抒发一点感触，或者记取一点人与事的变迁，形式不自觉地就类似特写的形式。80年代中期以后的散文，且不说它像不像散文，却是脱离了特写的模式。还有几篇篇幅较长的报告文学，尽管有的篇章曾获过国家大奖，但在中国文学关于散文意义限定很窄的大环境下，把这些东西结集出版，我自己首先不大自信，主要是担心书的发行数量。这类书读者会感兴趣吗？让出版社赔钱出书，我就有了诸多的心理障碍。出版社属于企业性质，不仅要上缴利税，而且要给职工发工资奖金，要造住宅楼，要买汽车，等等。尤其是让小王乡党约我出版的第一本书就赔钱，想来真是既不好说出口更不好拿出手。既然已经说出口，便把如上的诸多不自信的障碍因素都和盘托出。小王似乎比我自信，说她的出版社老总根本不凭这类书赚钱，赚钱的书有别的渠道，出这类书纯粹是对文学事业尽一点心意，据说他们老总陈绪万本身就是一位文人、作家。

这样，我便编成了第一本散文集《生命之雨》。我最关心的仍然是征订数量，得知有六千余册，我才暂告安慰，这个数字的印行量起码可以不赔钱。不赚不赔，我也就可以不再有亏欠别人的块垒了。

第二本散文集《告别白鸽》，是湖南文艺出版社出的。我在《生命之雨》中严格挑选，把只属于散文规范的篇章挑拣出来，把那些特写和报告文学悉数舍弃，再编入后来未曾入选过的新写的一些散文，虽然字数不多，书本也不够厚，也不能动摇我的入选准则。这本散文设计淡雅精当，拿起来便有点不忍释手，且不顾“敝帚自珍”的客套。每有朋友索要书时，自我推荐的便是这本《告别白鸽》；自己想给新朋老友送点礼物时，仍然想到的还是这一本散文集。

还有一本《走出白鹿原》的散文集，是陕西旅游出版社编辑出版，集中收编了我几次走出国门的见闻和感慨，且不细述。

华夏出版社出的这本散文集，当是第四本。编辑要求八万字，我便在原有的散文文本里面再度挑选，又加入几篇新写的短文。这几本散文集出版的过程，我不自觉地都经历了一次又一次的挑选和舍弃的过程，便有了一点感受。这感受属于一种自生的反省心理，还是不能写得太多，更不能见什么写什么，尤其是感受平平甚至感受无聊的时候更不能写。

散文是什么？这个话题至今还在探讨着、争论着，虽然仍无一个大家都能信服的条律或定义，然而每个写着散文的人，心里都有自己关于散文的理解，都在创造着自己的散文的形态，都在培育着自鸣得意的散文的百草园，似乎任何人在写任何一篇散文时都很难想起关于散文的定义来。

就我自己而言，散文就是一种心灵的独白，心灵对于现实对于历史的一种感悟，需要抒发，需要强辩，需要呜咽，有时候也需要无言的抽泣。感天感地感时感世感人感物，总而言之在于一个感，有感触有感想有感慨有感悟而需要独白，需要交流，需要……于是就想写散文了。至于散文不应该写什么，或者说读者最讨厌过去的什么样的散文和时下的什么样的散文，且不赘言，让生活和文学那个无形的又是铁硬的法则去作用为好。

我喜欢散文，自然既指阅读，也指写作；我企盼读到别人的精美的散文，也努力地去创造自己的起码不要让读者骂声“扯淡”的货色。

（此文系《陈忠实散文精选》序）

文学的信念与理想

我的文学信念形成的时间很漫长，是从不自觉到自觉的过程，也有去伪存真的问题。最初的很长一段时间里，单就个人的因素看，写作确实就是一种兴趣和爱好。它的萌发是一种兴趣，包括已经能发表很多作品的时候，在很大程度上还是一种个人的创作兴趣，一旦沾染上了文学，发表了些作品，同时也就产生了名利之心。再后来，把文学创作当作一种生活目标来追求的时候，毫不讳言，具体到个人出路的非常实际的问题时，我还是从自身考虑得多。尽管在陕西省已成为有影响的一个作家了，社会要求你的写作是要为革命，自然要附着一些当时流行的社会政治口号，把你的创作归列到那上面去。但具体到我写作的真实心理，仍然是兴趣。最初的兴趣是在中学读书时引发起来的，不自觉地连续练习写作。到高中毕业时，处在国家“困难时期”的非常重要的关头，是我人生最重要的转折点，也是我人生最困难的、最苦恼的一段时期。后来我回忆当时，不能进大学学习，对一个青年无论从个人出路、发展，还是从报效祖国、服务人民，即从公与私的角度，所有的路一下子都被堵死了，在一切都不可能的时候，我很自然地把自己的精神集中到文学爱好上来。这也是我当时唯一能选择的道路。这样，反而排除了一些轻易能够进入社会，包括谋一个好的工作这样侥幸的心理，反而归于一种死心蹋地的沉静。进入这种自修状态，我的目标很明确，自修四年发表第一篇作品，就是我的大学学历完成的标志。那是我从最基本的文学修养开始练习，摸索写作的道路。在这一时期，最重要的是文字修炼，虽然也是在任何冠冕堂皇的场合都要讲是为革命写作，其实是以文学创作为寻找自己的人生出路，尽管如此，选择文学的动力还是对文学的兴趣。回忆那一段时间，我总以为，一种虽然时间不长却极度的恐慌和痛苦过去以后，我才进入学习的最好的沉静状态，开始了文学创作的准备。最初是广泛阅读，包括背诵，记日记，写读书笔记、生活笔记，这些笔记不仅锻炼了文字功力，而且锻炼了我观察生活的敏锐性。我很清醒，如果文字功力不足，想把发生、发展的事情表达出来，实现自己的人生理想，想当作家是不可能的。

到能发表一些作品，并在社会上产生比较多的影响的时候，文学创作仅仅作为个人生存的目的，反而淡化了，退居次位了，不是主要矛盾了。社会承认你是一个作家，你就要对自己创作的进一步发展提出更高的目标。这大约应该是到了20世纪80年代中期。我清醒地意识到，社会承认你作为一个人的创造价值，但社会同时也强迫你必须认识到它承认的是什么样的作家。换句话说，你要做一个什么样的作家才能与社会的发展趋势相一致，否则，你即使成了作家也难以获得一个作家的安慰和自信。这个意识在写《白鹿原》之前的80年代中期已经非常强烈了。

在这个时期，我的创作已经在社会上有一些影响，短篇小说在全国获过奖，也出了几本中短篇作品集。后来出书的兴奋感渐渐地淡化了，强烈地意识到一种压力，作为一个作家，在陕西和在中国当代文学中，自己给自己打一下分，掂量一下自己的分量，就明白自己达到了什么样的程度，包括生命年轮，五十岁都成为我很大的心理压力。这时候，文学信念开始形成，新的创作欲望膨胀起来，想在文学这个事业上形成属于自己的、应该不为人淡忘的东西，也就是努力为自己在文学的领域里占一席之地的想法强烈了。我同时也产生着另一面的心理危机，如果当代读者把我的全部作品淡忘了，这个作家存在的意义恐怕仅仅只剩下“活着”了。

原来我只有一句豪言壮语：应该在中国的图书馆里挤进一本书，哪怕是一篇文章也好。因为图书馆不是任何人、任何书都能挤进去的。一方面，这个时候的创作欲望，不再是在重要刊物上发表作品并获奖，也不是为了获得评论家给予的表扬，这些都很难再激起我的创作；另一方面，与此相辅相成，关于对文学创作的理解也产生新的欲望。创作心态正是在这一时期发生了重大转折。80 年代中期，文学创作和理论都非常活跃，所有新鲜理论不论是中国的还是外国的对我产生了很大的影响，尤其是关于创作的人物心理结构学说、文化心理结构学说。过去很长一段时间里，到接触这个理论以前，接受并尊崇的是塑造人物典型理论，它一直是我所遵循和实践着的理论，我也很尊重这个理论。你怎么能写活人物、写透人物、塑造出典型来？文化心理结构学说给我一个重要的启示，就是要进入你要塑造的人物的心理结构并解析，而解析的钥匙是文化。这以后，我比较自觉地思考中国人的文化心理，从几千年的民族历史上对这个民族产生最重要的影响的儒家文化，看当代中国人心理结构的内在形态和外在特征，以某种新奇而又神秘的感觉从这个角度探视我所要塑造和表现的人物。最明确的作品是《四妹子》《蓝袍先生》，这是我的创作实验的两部作品。

特别是《蓝袍先生》发表后的反应，诱发了我强烈的创作欲望，鼓舞我进一步在更大的层面上深层次解析民族的文化心理结构，《白鹿原》就是在这样的创作思路下开始构想的。它展现的不仅是两个个别的、具体的、家庭的文化心理结构，而且是整个民族的精神和心理结构。从这一点上看，《白鹿原》里的各类人物，他们彼此间的诸多纠葛和命运的冲撞，其实仅是个载体。抓住对人物文化心理结构的解析，一条新的创作思路便在我的眼前敞开。我曾说过，我当时的思路和精神状态，是最活跃的，充满了新鲜感，好像进入一种新的精神天地、思想天地、艺术天地，整个形成了对思想和艺术世界极大的兴奋感和探秘感。到了这时，我才有信心完成《白鹿原》这部作品。由于有这些东西的引导让我感觉到了一个全新的境界，创作欲望和思想激情自然就达到了一个我从未有过的高涨状态。由于是个人生命体验性的东西，对人的鼓舞和心理自信的强化，就显得非常内在，不是谁轻易可以摧毁的。

作家探索的勇气和艺术创造的新鲜感所形成的文学信念是无法比拟的，我感觉好像要实现一个重要的创造理想，但是，也有达不到目的的担心存在。一个作家关键的东西是自我把握，自我把脉太重要了，不能简单地不加分析地听任社会上一些人对你的“褒”和“贬”。如果久久得意于对自己的一时表扬，目光也会短浅起来，无法把才智发挥到极致。重要的是使自己不断跨越已有的成就，对自己不断提出更高的新目标和新要求。

关于“文学依然神圣”这个话题，主要是有感于现实而发的。90年代中期，我们的商品经济进入最初的活跃阶段，社会生活形态、人际关系受到猛烈的冲击和颠覆。颠覆未必是坏事，我们原有的观念太陈旧了，这个颠覆的过程把那些陈腐的东西颠覆掉，但也未必产生的都是全新的、正确的、科学的生活观念。颠覆本身具有二重性，尤其是这个过程中对原来比较神圣的一些东西和情感，也都被轻蔑了。所谓“造导弹的不如卖茶叶蛋的”，从事文学事业的作家也像造导弹的专家一样被贬值了，社会真正看重的是卖茶叶蛋的实际收入，而轻视造导弹或搞创作人的创造性的社会价值，人们普遍关注的不是劳动的意义，而是物质性的结果。这个结果甚至简单到单指个人收入。被中国人一贯认为神圣的文学，包括受敬重的作家头衔，在这个时候也不那么神圣了，这种精神劳动在普通人眼里未必能胜过卖茶叶蛋的，这是那个时段里最为形象的比喻。重要的是我们作家群体里包括文化界，也有一种无奈的自我调侃乃至对市侩观念的认可，对创作的发展造成了影响。“文学依然神圣”的口号是我在炎黄优秀编辑颁奖会上讲的，它虽然被社会传播了，但仍然有人怀疑：难道文学真的依然神圣吗？根据现时代的生活特征，文学果真还能神圣下去吗？作家、科学家都已经被边缘化了，挣钱人神圣了，是否确实把自己变成当代的堂吉诃德了？生活实际上运转得也很快，我感觉从2002年的今天回头看五六年以前的生活，这中间的变化不小，应该说人们现在对文学的看法比以前要冷静和正常，这是重新经过选择、思考和鉴别的结果。

让人忧虑的是创作上的浮躁、快速化、平面化和理论上的平庸或者说庸俗化。这不是某一个作家、评论家或某一个地区的现象，而是带有普遍性的，整个文坛都在议论这个话题，各类报刊都在从不同的角度讨论这一问题。创作现在到了最快速化的时代了，一年生产的长篇小说（不说中短篇）近千部，是过去“十七年”的总和的几倍，远远超过“大跃进”时代了。这个快速创作量、出版量固然呈现出了繁荣的局面，但读者对文学界本身的不满足并没有因此而有所缓和。人们依然关注的是提高作品质量的问题，那种一般化地写以及媒体不着边际的“炒作”，严重地倒了广大读者文学阅读的胃口。这样一个局面，当然与浮躁的生活环境所产生的急功近利的浮躁心态有关，但从一个作家创作的角度讲，最致命的东西还不是这个，作家的能力、解析当代社会和历史生活的思想穿透力，关键还在这方面。现在大量历史题材的小说、皇帝小说（也没看很多，从电视上看），大多局限在权力的诉说之中，甚至有一种对封建权力的崇拜和阴谋权力的某种兴趣，这种东西展开的故事往往很热闹，斗争很激烈，观众兴趣很大。但是，作为一个作家，我只问他的思想和立场是什么？作家透视历史宫闱的力量有没有？从历史发展的角度看，封建制度确有它辉煌的一面，但其作为人类历史发展过程的一段，毕竟是一个非常落后的社会制度，回头看看历史，我觉得作家首先要有穿透封建权力的思想和对独裁制度批判的力量，但是现在看不到，全部是把历史当作对有所作为的皇帝的歌颂，甚至在歌颂有所作为的那一面的同时，把其对老百姓非常残忍的一面或隐而不提，或全部抹杀了。作家的思想穿透力远远没有达到“五四”时代新文化先行者对于历史认识的力度。

对现实生活的表现和揭示，也还停留在对当代共产党人的清官与贪官的浅层次辨析上，很难进入一种对人的心灵的观照，难以进入在这个时代中人民心灵的欢畅和痛苦的那种本质上的观照，而这恰恰是文学作品应该全力关注的东西。平面化和浅层化对此既难以发现就只好绕着走，似乎没有高招解决这一问题。但我相信许多作家都在做着各种努力。做努力是一方面，时间又是一方面，因为这是无法回避的。作家创作要提升档次，有文字表现能力包括一些新的表现手法、艺术形式等，对许多作家来说都不成问题，那还剩下什么制约着作家不能登上一个新的创作台阶？就是思想和境界。如果思想无法穿透生活深度，不能超出普通人很多，那么，作品怎会有思想的力度和深度的东西，自然不会引起读者的兴趣了。

作为一个作家的文学理想，当然是要创造出思想内涵包括文学形式上的一种全新的形态，一个作家如果没有属于自己思想和艺术形态上的一种全新的、有异于所有人的作品形态的作品，那么，这个作家是立不住的。各国的文坛都是这样残酷。作家希望创造出属于自己独有的艺术世界、艺术形态，但作品发表出来的结果却是属于人民的、民族的。一个作家的文学理想不能不涉及为民族精神的更新和发展提供点什么。每一个作品对作家来讲都是不一样的，作品的形成过程、体验的方式和结果都不一样，体验决定着作家的精神状态，也制约着艺术形态。体验是独特的、个性化的，表现它的艺术形式也是独特的、唯一的，这才有可能形成作家独特的创作风格，而最为关键的是作家本身不能削弱也不能淡忘自己对新的艺术形态的探索和追求，不能满足于已经取得的由相当成熟的艺术实践经验支撑的创作成就，这才有可能不重复自己也不重复他人。再就是要不断磨砺自己的思想，面对你所感兴趣的生活，不论是现实的还是历史的，必须有能力穿透到一个新的层面上才会有新的发现。应该说艺术和思想是互为交融的，一个新的艺术形态不会孤立地从天而降，它是与那种新的思想在穿透历史的过程中同步发现、同步酝酿、同步创造而成的。这需要不断更新相关的观念，尤其是像我这个年龄的作家，由于过去接受非文学的东西太多，不排除非文学的意识，就很难接近本真的文学，排除快解禁快，排除得越彻底接近本真文学的意识越纯，才能进行真正意义上的艺术创作。至于作品，不管其大小，哪怕是一个短篇，只要这些东西具备了，对一个民族建树自己的文化都是有益的。

作家应该留下你所描写的民族精神风貌给后人。不管是历史的还是现实的人生，一经作家用自己的生命所感受的体验后，表现出来的就应是这个民族在特定历史时段整个精神层面的一种比较准确的、具有普遍性的东西。我们从阅读国外作家的优秀作品中，常能对某个国家的某个时段里人的精神状态，包括人的快乐和痛苦，感受到有一种虽异样却颇深刻的体悟。作为一个作家也应该肩负起这样的责任，在这个国家和民族发展的历史上留下你的真实描绘，把这个时代人的精神形态和心理秩序艺术地告诉给后人，让他们从这些已经成为过去的现象里把握那个时代人的精神脉搏，并引发出有益的启示。在西方文化大量涌现的今天，作家们理应提供一个又一个优秀的文学文本，不是消极地保护民族文化，而是以创造优秀作品来丰富、更新、发展民族文化。有了真正优秀的作品，才能长民族文化的自信心，并在国际文化、文学的交流中赢得我们应有的平等地位。目前，并不具备这种文化平等交流、交换的条件，这不能简单地以经济发展做后盾，也不能用政治上的平等来取代，没有一定数量的优秀作品，交流、交换很自然地就形成了强弱之势，怎么能平等呢！这需要一代一代作家来完成。当然，作为一种社会责任。社会应该尊重和爱护作家，但作家的文学理想却必须把为民族创造优秀作品作为坚定不移的奋斗目标。如果我们没有这样的理想、意志和雄心，必然完成不了文化上平等的交流，甚至连一点回流的力量都没有。想一想看，就我们的出版而言，我们翻译出版了多少欧美国家以及日本、拉美的作品，包括古典的和现代的作家作品，而国外翻译出版中国的作品却是微乎其微，根本构不成一个比例。面对这种情况，说我们不具备与世界文学进行对等交流的条件，显然是一个不争的事实。文学和电影的状况一样，是西方向中国倾入之势，起码在目前尚无法改变，只能靠一定的政策来制约。把争取在多少年后达到一种平等的交流作为文学理想的一个重要的内容，我看是应该的。

没有优秀的文学文本，要改变外来文化的颠覆是不可能的，这种看法应该让作家普遍地深刻认识到。真意识到这一点了他就有“天降大任于是人”之感，他也许就能静下心来，不再浮躁；也就不会满足于一些小小的荣誉，小有成就就欢呼雀跃。说到底还是对文学创作这种劳动的意义的理解。这个问题本来不难解决，你只要往图书馆书架下一站，你只要抽出几本经典的作品来，认真读一下就会明白真正的文学是什么，就会意识到自己取得的某些成绩，虽然对个人而言是值得庆贺的事情，但你马上就会明白不应该耽搁太久，离高峰还很远，只能把这当作攀向另一个高峰的台阶，争取获得实现另一次突破的途径和力量，而不应沉醉太久而耽误了行程。常看到有人在很低的台阶上取得了很小的成绩时，以为就攀上最高峰了，尤其对那些具有潜在能力的作家来说，因为对文学的理解不足和艺术视野的狭窄，往往把他的天才和智慧浪费了。

我的创作原则没有变，“未有体验不谋篇”。尽管这一个时期没有写小说，但是写了很多的散文，对于文学的思考自觉不自觉地从来没有间断过。创作新欲望的产生，从我感觉上讲，也是对创作过渡到另一种理解的自然过程，我的习作是从短篇开始的，现在重新开始短篇小说写作，仍然很新鲜。就我而言，70 年代末到 80 年代中期的写作，我感觉还是不断接近文学本身的过程，直到完成《白鹿原》，这个过程当为一个阶段的完成，也就是说完全接近文学的本身。现在我对短篇写作探索兴趣很大，短篇题材天地非常广阔，作家怎么写都探索不尽，尽管前人（中国人和外国人）创造了无以计数的短篇，仍然留给我们很大的创造余地，谁也不挤（影响）谁。现在才发现，我仍然是对关中现实生活的敏感程度远远超出对历史题材的兴趣和敏感性，《白鹿原》应该说是一个例外。我过去一直关注的都是现实题材，却突然写了一个《白鹿原》这样的历史题材，现在又重新面对我最容易触发心灵和神经敏感的现实生活，包括阅读报纸和感受运动着的生活。最近的五六个短篇都是这种题材的作品。我已经形成了这样的写作习惯，即使写短篇小说，也必须是一个短篇与一个短篇绝不应雷同，不能形成一个似曾相识的稳态模式。在我的创作感觉里，因为每一次体验到的内容不一样，就不可能用一种艺术形态表现它，甚至语言的色彩。每一个短篇都要找到一个新的适宜于表述这体验的艺术形式，它们各有姿态，包括语言姿态。 这样的创作发展到以后会是怎么个样子我也不好把握。 我的创作是靠感受，感受和体验不是按计划发生的，所以以后的状态真的不知道。

解读一种人生姿态

一

在散文《做一个简单的人》中，邢小利说他的朋友给他取了一个绰号，叫“邢直白”。这个绰号主要概括的是他的说话特征。

我和小利在一个单位的院子里和一幢住宅楼上工作生活了近二十年，关系可以说不远不近，疏疏朗朗，为公事打交道自然免不了，为私事打交道也是常有的，却不大留意他的说话方式。听到“邢直白”这个绰号，我想了想，不禁惊讶它的传神。如果就性情而言，“直白”这个绰号还真的是准确而又形象的。邢小利说话，不拐弯抹角，不口是心非，不看脸色也不看顶戴级别，是什么便说什么，直截了当说出来，直到一句几句把事说明白了。这自然是他为人处世说话的方式和特征，几十年如此一贯下来，他的朋友抓住这个特征再奖给这个不错的绰号，他也乐于领受。

我读小利的散文随笔，同时惊异地发现，他的文章的共同特征，竟也可以用“直白”二字概括其风貌。生活现象、人生情态、文学话题、历史旧事和现实热门，在他笔下，没有花里胡哨云遮雾绕终不得要领的虚空，也不见无病呻吟拿腔捏调的矫情和伪饰，全是真有所感真有所得的言说。言说的方式是简捷明快，以至语言都很少有形容词的修饰，凸显出来的印象便是直白。过去零星读到小利的文章，似有这种印象，这回集中读一部散文随笔书稿，更有这种总体风貌和本色质地的明朗感受了。

无论在纷繁的尘世生活中说话，还是在喧嚣的文坛上书写文字，在当今能做到直白，颇为不易。直白，既是一种语言姿态，更是一种人生姿态。我的脑海里现在就浮出来那个戳穿皇帝其实什么衣服也没穿的孩子。这个孩子就是以一种直说的姿态面对皇帝的，直到把话说白了。

二

最能见出小利人生姿态的是散文《做一个简单的人》。“我说的简单的人意思是：为人处世，特别是与人交往，尽量化繁为简，而不要把事情复杂化，更不要耍心眼，与人钩心斗角。”可以看作是他的立身宣言。

文章总是感时应世而出的。时下的社会生活形态，似乎恰恰是复杂化。即把很简单的事和处理这些事的最直接最规范的途径废置，寻求某种曲里拐弯草蛇灰线暗箱操作的幽径，取得一个意料不及面目全非又是出奇制胜的结局，名曰生存智慧。生存智慧酿造生存技巧。官场擢升商场暴利乃至文坛出名，更显灵的就是此道了。敢于挑战这样的生活世相宣言做一个简单的人，必定是见多了也洞透了所谓生活智慧和生存技巧所演示的龌龊，而独守一分清静，继而发出做一个简单的人的宣言，独立成一种人生姿态。

小利引用一个曾经有过显赫声名的红卫兵头目的话："在政治上只有头脑而没有良心。"小利断定："简单的人肯定做不到这一点。简单的人是讲良心的。"这里就划开了一个最基本也是最严峻的人生界限，即良心。良心的界限毁弃了，黑可以说成白，丑可以说成美，指鹿为马也不觉得荒谬了。良心毁弃的唯一因素就是某种生存目的的实现。譬如说在某种非正常的环境下，譬如说在自身能力和条件尚不具备的情势中，而要达到权欲的名利的生存目的，就得玩弄生存智慧生存技巧了，就不能简单地把黑说成黑把白说成白把丑说成丑把美说成美把鹿说成鹿把皇帝说成什么衣服也没穿的光屁股。指鹿为马的中国历史典故，正好为安徒生的童话《皇帝的新衣》提供了生活的依据或注释，前者为生活真实，后者为艺术真实，相得益彰，鉴示中外古今。为什么会把这样简单的事象完全弄到面目全非复杂混账呢？任谁都不会怀疑洋的和土的两帮重臣文化高低造成了失误，都是为了生活得更好的目的而讲究了生存智慧生存技巧的必然结局，良心显然没有了。这样，我就意识到关于简单的人的真实内涵，并不简单；而要做到一个简单的人，更不简单。其中丰厚而又严峻的意蕴是，守护良心，守护心灵家园的纯净，坚守作为一个人的尊严。

在《知识分子：神话与现实》一文中，小利列述了几位古今中外关涉知识分子操守的比较典型的人际关系，论说的是作为知识分子的品格。品格的核心就是良心，或曰良知。"正是有了变节者才显出守节人的可贵。"变节者之所以会变，就得先把良心变了；守节者之所以守住了节，关键是守住了良心。变节者变的过程，就是运用生存智慧生存技巧大显神通的过程；变节者变的结果，起码暂时达到了或擢升或牟利或扬名的生存目的，自然就把事象包括变节者自己都变得复杂化了。守节者坚守的过程，就是守护良心也守护作为一个人的尊严的过程；守节者坚守的结果，却可能被冷落被穿小鞋被戴“帽子”乃至囚禁杀头。

这篇论说知识分子的随笔，可以当作关于“简单的人”这个概念的理性阐释。

在流行生存智慧生存技巧的生活流里，直言不讳标出自己的人生姿态，作为一个当代作家，就标示出清晰而又简明的人生坐标，一种凛然的清醒和自尊。

三

在散文随笔集《种豆南山》的阅读中，我的欣赏兴趣和既得启示后的兴奋点渐渐集中到一点：索解一种境界、一种情怀、一种人格、一种思想和这种思想发出的一种声音。正是这些形成作家邢小利独秉的人生姿态。

人的一生依着年龄划分出几个大的年轮区段。其中的三十、四十、五十岁当是最重要的三个区段。即使最寻常的男女，也会在这些重要关隘上发生自己的人生体验，敏感的作家就不用说了。小利在《四十感怀》里，整个是一派透亮的境界。这篇文章十分动人。作家奔到四十岁时关于世界关于生活关于事业，尤其是关于自己本身的理解和体验，进入一种哲理的睿智境界。因为真实，因为真诚，因为坦率式的直白，读来令我感动。我也读过一些包括政要在内的许多公众名人的此类述怀文章，参差不齐，无可厚非。但有一个基本的尺码就是真诚。如果一个人到了需要郑重宣示重要年龄区段上的感怀时，还说假话，还矫揉造作，我还能指望他什么时候真诚与人相对呢！小利的《四十感怀》，不单是真诚，难得的是使自己的生命提升到一个新的高度新的境界：

到了四十，只有两个感受：一是思想上顽固了，排斥的东西多了；二是心淡了，很多事也看淡了。当然看淡之后，对有些东西却更看重了。许多过去看轻的今天却觉得无比重要，许多过去看重的今天看来却不值一提。

我读到这里便久久徘徊在这段文字之中。我并不急于探究文字里面“顽固”着什么“看重”着什么“不值一提”的又是什么。我确凿感知到在四十岁这个最重要的年轮到来时，小利完成了一次意义非凡的生命价值的择向，完成了一次从心理到精神的剥离，进入一种全新的人生境界了。进入这个境界的作家，才敢提出做一个简单的人，才敢说良心，才敢审视知识分子的变节和守节，才敢鉴示历史的、现代的和正在运动着的现实生活中的知识分子灵魂操守上的种种。

在这样的人生境界里所展示的人生情怀，既是清丽沉静的，又是美丽动人的。清丽的情怀决定着作家生命的敏感和敏锐，对纷繁的生活事象，对气象万千的大自然，都会发生独有的体验，然后展示给读者一篇美好的文章。我很惊异小利在乡间读书的感觉。“在乡间读古人的著作觉得特别相宜，心能静下去，而读西人的书和今人的书，总觉得与情境更与心境不那么相宜，看不进去。”可以想象，在鸡鸣牛哞声中，在左邻右舍从墙头上弥漫过来的柴烟里，在深夜无边无际的静谧里，一位年富力强的青年作家在阅读中国古典的情景，浮躁和喧哗无染，自然使我想到“拥书自雄”的喻说。

在《乡居致友人》散文中，有一节关于雨的描绘——

夜里听风雨声，那真是很美的。若是柔风细雨，那就像是一个害羞的小女子欲来不来的样子，偷偷地藏在门外，躲躲闪闪的，招招手忽儿来了，迎上去忽儿又走了。若是大风大雨，那就像是旷野里万马奔腾，真有排山倒海之势。此时披衣坐起，静听万马奔腾之声，心中忽地生出一腔豪迈之情，思绪飘得很远……

这是我读过的文学作品中关于夜雨描写的最动人的篇章之一。这样的文字读过是不会轻易忘记的，可堪反复品味的。这样的文字是经过乡村细雨的滋润和滂沱大雨的拍击之后发出的心灵的颤音，属生命与自然交融的独特体验，只有纯净清丽的情怀才能敏感发生，不是凭想象凭文字功夫所能得到的。

在作家总体的人生姿态里，境界、情怀、人格三者是怎样一种相辅相成又互相制动的关系，是一个很值得研究的话题。是情怀、境界奠基着作家的人格，还是人格决定着情怀和境界，恐怕很难条分缕析纲目排列。我在小利的书稿阅读中，看见了一种境界、一种情怀，更透见一种令人肃然的人格精神。“在强权面前，有人被打折了腰，有人被按着跪倒，有人战抖着趴在地上，却也有这些节操高尚、宁死不屈的文化人，正是他们挺起了知识分子的脊梁，维护了知识分子的信念与价值。”作者所列举的这些形形色色的事象，任何一个知识分子甚至普通人都不会陌生，在诸如封建专制异国侵略以及极左政治这些强权面前，知识分子的种种表现，无论怎样五花八门形形色色，核心就是投降与否。而决定投降与坚守的关键便是前文已涉及的良心。

作为人的生理上的音质的软硬，小有差异，而决定知识分子骨质软硬的东西说到底是良心。小利论述这个作为知识分子安身立命的大课题的时候，就凸显出自己的价值取向，一种披阅古今剖皮见核的追问，自我人生选择的坐标就标示出来了。

如果说对已经沉寂的历史人物品格的坚守与投降的辨析，可以看出小利冷峻的犀利，那么，对当代知识分子人格操守的剖析，就复杂得多也费力得多。我读他评论长篇小说《沧浪之水》的长文时，已在此之前强烈地感受到这个问题，即当代知识分子的投降与操守。优秀的小说提供了一个可以让评论家说话的文本，但作为评论家出场的邢小利的理性的透彻，同样显示出自己在当代生活中的人格形态。

人格对于作家是至关重大的。人格限定着境界和情怀。保持着心灵绿地的蓬蓬生机，保持着对纷繁生活世相敏锐的透视和审美，包括对大自然的景象即如乡间的一场雨水都会发出敏感和奇思。设想一个既想写作又要投机权力和物欲的作家，如若一次投机得手，似乎可以窃自得意，然而致命的损失同时也就发生了，必然是良心的毁丧，必然是人格的萎缩和软弱，必然是对历史和现实生活的感受的迟钝和乏力，必然是心灵绿地的污秽而失去敏感。许多天才也只能徒唤奈何。邢小利的随笔中多处涉及知识分子的品格和人格，可能是他鉴于古今的太多的教训，对当代人的一个切中主脉又正在被忽视的提醒。

人格对作家的特殊意义，还在于关涉作家思想的形成和发展。尽管米兰·昆德拉引用过“人类一思考，上帝就发笑”的欧洲民间谚语，然而我理解的昆德拉，正是人类一位深刻超人的思考者。关于人类合理生存的思想，几乎贯穿在他的所有小说创作之中，甚至某些地方露出艺术形式载不动深重的思想的纰漏。作家必是思想家，这是不需辩证的常理。尤其是创作发展到一定程度的作家，在实现新的突破完成新的创造时，促成或制约的诸多因素中最重要的一点便是思想的穿透力。这个话题近年间已被文坛重新发现，重新论说。现在我要说的只是思想和人格的关系。

作家穿透生活迷雾和历史烟云的思想力量的形成，有学识有生活体验有资料的掌握，然而还有一个无形的又是首要的因素，就是人格。强大的人格是作家独立思想形成的最具影响力的杠杆。这几乎也是不需辩证的一个常规性的话题。不可能指望一个丧失良心人格卑下投机政治的人，会对生活进行深沉的独立性的思考。自然不可能有独自的发现和独到的生命体验了，学识、素材乃至天赋的聪明都凑不上劲来，浪费了。

小利的文学评论、散文和随笔，除了学识，除了艺术眼光这些大家都可以得到的优长之外，便是思想的力度。上述关于知识分子精神操守的话题，如果从作家创作发展的个人角度说，都是至关重大的关键所在。我正是在这一点上感知到一个外温而内刚的邢小利，一个熟识而又陌生的令人钦佩的年轻作家。

四

小利与说话相似的直白的文字，很耐得咀嚼，很富于魅力。

平静地叙说，尤其是随笔，摆列事实和史实，描人状物，简捷明快，娓娓道来，不冰不火，没有激烈极端的措辞，客观而准确的言说，温厚平实，幽默内蕴，更具思辨的力度。这在表面上看来是文字风格，却更多地见着作家的性格。民间有谚，有理不在声高。是否有理，凭高喉咙大嗓门是无济于事的。由此可以说，这种文字更表现着作家邢小利的自信。即如《“自由职业身”的前提》《我当县令》这样与具体对象辩论或曰商榷的文字，不管对方曾经使用了多么激烈的话语，小利仍然用自己说话（文字）的方式，正题正说，不隐不伏，不搅不缠，不哗不嘘，而是坦坦荡荡，事与理俱存，给人一种透彻、一种清爽、一种阅读的舒服。我这样说，难免会造成缺少思想锋芒的错觉。其实，邢小利在历史和现实的某些话题的辩证中，内质是锋利见骨的，偶尔也会在文字里迸出诸如“下流无耻”“勾当”一类贬斥变节投靠出卖灵魂的行为的词汇，更见血性。

小利的文字，似乎透见学者的气象。学者当然有各路学者，就文字形态而言，更显现着中国古典文化和语言的质地。我约略感知，小利读过许多古典，尤其是古典杂说一类，他的文字和论说的方式，就有了现代的白话文的一种颇为独到的语言姿态，又避免了某些食古而不能消化者的半文半白的蹩脚现象。

语言说到底是思想的载体。语言蕴藏着作家的思想，其分量最终定砣在这里。通过语言，感受到作家的体验、作家的情怀、作家的境界、作家的人格。小利的这种可以用直白概括的语言风貌，恰切而鲜明地展示着他的思想、人格、情怀、境界所形成的体验，独立不群的人生姿态。直白不是浅露。我联想到鲁迅“我的后院里有两棵树，一棵是枣树，另一棵也是枣树”的句子，顶直白了，然而内蕴的丰厚和深沉，怎么也咀嚼不尽。

我在小利的语言里，隐隐感受的就是这样令人咂品久久的韵味。

五

去年春节刚过，我回到冷落多年的乡村老家，一个人住在白鹿原北坡下的小院里，头一个黎明到来时，我听见了几乎隔世的斑鸠的叫声，从窗玻璃上看到后屋屋脊上两只灰褐色的斑鸠，眼睛瞬间模糊了。之后某日晚上，我坐在火炉前读书，接到小利的电话，与我说一件什么事已经无记了。他告诉我他住在城南长安乡村的屋子里，我随口便说，君在城之南，我在城之东。说着时颇多一重异样的心理感觉，总之是与居住在城里的人那些通话截然不同了。他与我之间横亘着白鹿和少陵两道原，还有两条小河，似乎有某种地脉的牵连。许多年在一个机关院子里工作，在一幢住宅楼的同一个门洞里憩栖、出入，似乎都没有这个电话给我那种异样的心理感受。我因此而明朗了一点，居地的地理气象会影响人的心理秩序的，进而也影响人与人的感觉的。

在我印象里，小利在生活中是很善于与人相处的，总是一种不急不躁喜眉笑眼的温润的样子，我很钦佩他那样年龄的人能有如此好的修养。也因为年龄距离较大，多年来属于关系疏朗而缺乏亲近的那种。后来外出同行有一次夜谈，他很坦率地对我说，他有时候脾气是很大的，我一时无法相信。他举出例子来，我在领受他内刚的同时，更感动于他的坦诚。然而总体印象依然是涵养和温厚。随笔中写到一位有负于他的朋友躲避与他碰面，偶然撞见时他依旧宽容，读来令我感动，也印证了我的印象。

今年夏天，王旭烽从杭州打电话来说事，提到邢小利为她写序的事，很兴奋也很感动。她说，人民文学出版社要出她的中短篇专集，按套书体例要有序。她的朋友向她推荐邢小利，她没听说过这个名字。一万多字的序寄给她读后，便有了给我打电话时的溢于声音的激动，说这是一篇对她的作品分析得最准确的文章。随之又对我说，这样有学问的评论家为什么她竟不知道呢。我便开玩笑说，他还没学会炒卖自己。

邢小利写中短篇小说，写散文随笔，更见功夫的是文学评论，已出版多部专著。王旭烽的惊讶在我觉得毫不奇怪，正好例证着我上述文字对他做人做文的印象。

我写着有关邢小利的文字的时候，窗外是细雨滴滴，檐水跌落之声温柔而富于诗意。我在解读一部书稿，也在解读一个比我年轻许多的青年作家的心灵秩序，自己竟然很感动。我住在城东的原下依旧。邢小利还在城南长安的乡村和我一同聆听乡村秋雨檐水的跌落之声吗？我便祝福，天行健，君子当自强不息。

筛选自己

我向来不热心给自己要出版的书作序。出头一本书《乡村》，收揽了新时期文艺复兴头三年创作的短篇小说，那种不可抑制的兴奋是不可名状的。责编再三鼓励我作一个序，也是出于一本书对一个习作者的庄严感。20世纪80年代初，文学创作和青年作家这些名词不仅笼罩着五彩光环，还有一种庄严和神圣的气象。我理解责编的文学之心，然而还是没有自序，只写了千把字的后记，留下对平生出版的第一本著作的感动之情。后来这二十余年里，我出版过三十余种选本，写过几次序文，都是专题系列书籍规定的统一条例，我不敢破例，免得造成别扭执拗不合套的坏印象，于是就写了。我是出于这样一个基本理念：作家把自己的作品拢集出版，其生活体验、生命体验和艺术用心，都展示在一页一页一行一行的文字里，读者会一目了然的，作者就无须再啰唆什么了。自序在我看来就是多余的啰唆，包括后记之类。退一步说，如果作品文字里呈现不出作者原本的创意，企图以自序和后记来弥补，恐怕是于事无补的。当然，那些纯属介绍该书创作和出版机关事项的自序和后记，有利于读者了解相关背景，意不在阐释乃至自我标榜，另当别论，是为有用。

这回编选这本《自选集》，要求编入短篇小说、中篇小说和长篇小说选章，还要编散文、随笔和对话，几乎把我试验过的文体都包容进去了，而且规模很大，容纳七十余万字，是至今我出版过的集子中最厚的一本了。这样，我就重新把今年以前的几乎所有作品筛选了一遍，倒有了一些纯属自家的启示。

散文和短篇小说，是我不自觉地坚持始终写作的两种文体。我发表的处女作是散文《夜过流沙沟》，这是四十多年前的事了；四十多年来一直没有中断过散文写作。差别不过是某几年写得少些某几年又多写了几篇；最近几年竟以散文随笔写作为主了。我大约在发表过十数篇散文之后，才有了第一个短篇小说的写作和发表，算来也有三十余年了。我早期的散文多是乡村纪事，有些就是生活特写，意料不到的好处，不仅练习文字基本功，也在不断锤炼观察生活捕捉生活的眼力，歪打正着倒是成为进入小说创作最实用的途径。从后往前看过去，长篇小说只写了一部《白鹿原》，中篇小说写过九部，都是 20 世纪 80 年代的作品，只有短篇小说的写作断断续续延伸到现在还在写着。尽管是六十多岁的老作者了，每有一个短篇小说出手，不管评论家如何看怎么品评，自己往往颇为得意，愉悦之情丝毫不弱于当年处女作发表的情景。由此，我便明白，散文和短篇小说，有意无意间已成为我最喜欢也得心应手的写作样式：我同时也明白，我的神经系统最敏感的兴奋点，还是写作，即使一个短篇小说或一篇散文完成，都兴奋得不亦乐乎。无论大小长短，都是对社会、人生的感受和理解，所谓一得，又一鸣也。有得能鸣，才得我的人生至乐。

这次筛选过程，使我清楚而又清醒地看到当初的幼稚和肤浅，自然也能看出循序渐进的提升，从最初出手时的紧张和局促，到逐渐演变的舒展和自如，还有看取人生和世事的视觉和转换。我便能够清醒地面对自己，属于学而知之演练而进的一类，绝非天才。以此来把握自己，更确信适宜本身继续探索前行的途径。

这本《自选集》，在编选时偏重中后期的作品，也挑选了新时期文学复兴初期少量篇章，在于让人看到社会生活近三十年来演变的声响，除长篇《白鹿原》之外的几乎各类体裁的作品，我都是感应着生活脚步写作的，多少可以看见生活经历者的心理流程；也可以让读者审视我写作探索和逐渐演进的笔痕，求得批评和指向；更在于使自己保持一种基本的清醒。